读客外国小说文库

熊猫君激发个人成长

THE SONGS OF DISTANT EARTH

遥远的地球之歌

[英]阿瑟·克拉克 著
高天羽 译

ARTHUR C. CLARKE

在广袤的太空和数千颗行星中，没有人会来分担我们的孤寂。那里或许有智慧，或许有权力，茫茫宇宙中或许有巨大的机械……它们或许正徒劳地注视着我们这里飘浮的残云，它们的主人渴求伴侣，一如我们的渴求。然而，对于生命的本质、演化的原则，我们已经有了答案。在宇宙之中，地球之外，再也没有别的居民……

——劳伦·艾斯利，《宏伟的航程》（1957）

我写了一本邪恶的书，内心却如羔羊般纯洁。

——梅尔维尔致霍桑（1851）

目 录

作者的话

这部小说的创意来自近三十年前的一篇同名短篇故事，目前其已收入我的文集《天空的另一面》。但真正激励我创作的是近年来在电视和电影里泛滥的太空歌剧，这是一种反面的激励，应该叫什么来着？反激？

请别误会：我很喜欢《星际迷航》，喜欢卢卡斯和斯皮尔伯格的那些气势恢宏的作品，其他不怎么有名的我也喜欢。但严格来说，这些作品都属于奇幻，不算科幻。现在我们差不多可以肯定一件事，那就是在真实的宇宙中，我们永远都无法超越光速。即便是相距最近的恒星系，中间也得隔上几十个乃至上百个光年。没有什么曲速引擎能让你在今天这集飞到这个星系、下礼拜的那集又飞到另一个星系。造物主的项目计划不是这么制定的。

在过去十年里，科学家看待地外智能的态度也发生了巨大的、出人意料的改变。这个课题在20世纪60年代之前一直遭人轻视（除了一些可疑的人物，比如科幻小说家），直到什克罗夫斯基和萨根在1966年出版《宇宙中的智慧生命》，情况才扭转过来。此书堪称里程碑之作。

但这股潮流在近两年又呈现出了颓势。我们在太阳系内没有发现丝毫生命迹象；我们建造了巨大的无线电天线，按说应该能轻易接收到来自其他恒星的信号，结果却什么都没有接收到，有科学家由此认为："或许，我们在宇宙中的确是孤单的。"这个观点最著名的支持者是弗兰克·提普勒博士，他曾经（分明是故意地）用一篇论文的标题激怒了萨根的拥趸，那标题是《智能外星人不存在》。卡尔·萨根等人则表示，现在就下这个结论未免过于仓促。我也是这么认为的。

这个问题上的争论十分激烈；有一个说法很对：真相无论如何，都将是令人敬畏的。要解答这个问题只能诉诸证据，光靠逻辑推理是不行的，无论那逻辑是多么具有说服力。我倒是希望两边能在未来一二十年里把辩论搁置在一旁，让射电天文学家像淘金者那样，将天空中倾泻下来的噪音默默筛选一遍。

别的不说，这部小说是我在星际航行题材上做的一次彻底现实主义的尝试。像之前的《太空序曲》一样，我利用了已知的，或者可以预见的技术来描绘人类在地球之外的首次航行。书中的任何部一分都没有违反或否认已知的科学定律，唯一称得上大胆的构想只有“量子引擎”，但即便是这个构想，都有着十分可敬的源头（见书尾致谢部分）。如果科学的发展证明它纯属空想，其他星际航行的方法也还是存在的。如果我们这些20世纪的原始人都能将它们想象出来，那么未来的科学研究无疑会比我们走得更远。

阿瑟·C. 克拉克

斯里兰卡，科伦坡

1985年7月

第一部

萨拉萨星

01

塔纳镇的海滩

小船还没驶过珊瑚礁，米蕾莎就知道布兰特生气了：他站在舵轮前，全身紧绷。回程的最后一段水路很难走，他却没让双手灵巧的库玛尔掌舵，这说明有什么事让他心里窝着火。

米蕾莎离开棕榈树的荫蔽，朝海滩方向缓缓走去，脚下湿湿的沙子把她的步子拖得很慢。等她行至水边，库玛尔已经在收拢风帆了。她的这位“小弟”在身高上已经和她接近，一身肌肉的他正乐呵呵地冲姐姐挥手。库玛尔性子随和，什么大灾大难都不放在心上，她多希望布兰特也能有这么好的性格啊……

没等小船触到沙滩，布兰特就跃进了齐腰深的水里。他板着一张脸，哗啦哗啦地朝米蕾莎蹚水走来。到了跟前，他举起一块扭曲的金属让她查看，金属上还缠着几段导线。

“瞧瞧！”他大声说，“他们又下手了！”

说着，他的另一只手朝北方挥了挥。

“这一次我可不会轻饶他们！无论镇长怎么说都不行！”

这时，小筏子缓缓靠岸，船身外的滚筒压上沙滩，仿佛是什么史前海怪第一次向陆地进发。船到跟前，米蕾莎侧身避过。船身刚过高潮位线，库玛尔就关掉引擎，跃进水里，与那位怒火未熄的船长大人会合。

他对姐姐说：“我跟布兰特说了好几遍，那肯定是场事故，渔网可能是被拖锚拉坏的。北岛人说什么都没有理由蓄意搞破坏吧？”

“我来告诉你理由！”布兰特立即反驳，“因为他们懒得亲自钻研技术，因为他们怕我们抓的鱼太多，因为……”

话刚说到一半，库玛尔就咧开嘴笑了。布兰特把那团乱麻似的导线一把朝他扔了过去，库玛尔毫不费力地伸手接下。

“就算出了事故也不能在这儿下锚吧！”布兰特接着嚷嚷，“这一带在海图上标得清清楚楚：‘科研区域，禁止入内’。所以我还是得提出抗议！”

话虽然这么说，此刻的布兰特已经恢复了往日的好脾气。

就算火冒三丈，他的怒气也顶多持续几分钟。为平抚他的情绪，米蕾莎伸手在他背上抚摸起来，说话的口吻也极尽安慰。

“你抓到什么大鱼了吗？”她问。

“当然没喽，”库玛尔接嘴，“他一心想抓统计数据呢，尽是些每千瓦多少公斤啦之类乱七八糟的玩意儿，幸好我带了钓竿，咱们晚饭有金枪鱼吃了。”

他伸手到船舱里拖出一条鱼来。猎物近一米长，有着流线型的身躯，处处散发着力与美，只是表皮迅速失色，而且两眼都瞎了，正透出一阵阵死气。

“这么大的可不常有啊！”库玛尔自豪地宣称。

就在三人围着猎物啧啧称奇之时，历史的脚步已经重新回到了萨拉萨星，一直以来无忧无虑的单纯生活，一下子就到了终点。

历史的足迹就印在空中，仿佛是一只巨手握着粉笔，划过天堂的蓝色穹顶。三人抬头仰望之际，那道熠熠生辉的蒸汽足印在他们眼前渐渐幻化，先是边缘变得毛糙，然后散成缕缕云烟，末了只剩下一座仿佛白雪堆积的桥梁，从地平线的这头横跨到那头。

就在这时，一阵遥远的惊雷从宇宙边缘隆隆驶来。

它已经有七百年未在萨拉萨星上出现过了，可是一旦响起，就连孩子都能听出它是什么。

暮色中的空气暖意融融，米蕾莎却不禁打了个寒战。她不知不觉牵起了布兰特的手。他将她的手指握在掌心里，脸上却显得心不在焉，两只眼睛一动不动地盯着撕裂的天空。就连库玛尔都被眼前的景象震住了，但他是第一个回过神来说话的。

“一定是哪个殖民星找到我们了！”

布兰特慢慢点了点头，脸上的表情却充满疑惑。

“可他们干吗要大老远赶到这儿来呢？他们肯定有旧的星图，也肯定知道萨拉萨星上几乎全都是海，来了也是白来。”

米蕾莎在一旁提醒道：“也许是科学上的好奇？也许是想看看我们的遭遇？我早就说该把通信链接修好的……”

这是个老话题了：东岛上有一架巨大的碟形天线，在四百年前毁于克拉肯山的喷发。每隔几十年，萨拉萨星的居民就会发起该不该把它修好的辩论，并最终达成多数意见，觉得的确要修。然而这星球上还有许多更加重要的事情等着去做；或者说，是还有许多更加好玩的事情等着去做。

布兰特若有所思地说：“建造星舰可是一项庞大的工程，我看任何一颗殖民星都不会花那个力气，除非是形势严峻的，比如说地球……”

他的声音越来越低，终于沉寂。虽说过去了千百年，那两个字还是难以说出口。

三人不约而同地望向东方，那里，赤道的夜正在海面上迅速推进。

几颗亮度较高的恒星已经在空中闪现出来，他们轻而易举地认出了刚刚爬上棕榈树梢的三角座：紧紧相依的三颗恒星，亮度不相伯仲。那个区域曾经闯入过一个外来天体，它比三颗恒星耀眼许多，在星座南端一连闪烁了几个星期。

直到现在，借助中等倍率的望远镜，人们还是能瞧见闯入者那缩小了的身影。而另有一堆熔渣却是任何设备都捕捉不到的；它的前身，就是叫作“地球”的行星。

02

微小，且不带电

在一千多年之后，一位伟大的历史学家会把公元1901到2000年间的一百年称作“大发现的世纪”；他还说：20世纪的人也会同意他的看法，但他们的理由是完全错误的。

20世纪的人会自豪地标榜自己这个时代的科学成就：他们征服了天空，释放了原子能，发现了生命的基本规律，掀起了电子学和通信技术的革命，为人工智能奠定了基础；最惊人的是，他们探索了太阳系，并首次登上了月球。他们的自豪不无道理，但站在后人的角度，那位历史学家却确凿无疑地指出了一个事实：20世纪还有一项超越一切的创新，它让其他发明都显得无关紧要，但在当时只有很少人了解。

就像贝克勒耳实验室里那张模糊的感光底片：乍一看那么无害，那么远离俗务，却在短短五十年后化作了广岛上空一朵蘑菇云。我们要说的发现，其实也是那项研究的副产品；它在崭露头角之际，也像当初的核物理一样显得无害。

大自然这位严谨的会计师始终在让账簿保持收支平衡。物理学家在研究某些核反应时发现，就算考虑到了所有因素，方程里却总好像缺了什么，怎么也无法配平，这个发现让他们大惑不解。

就像会计师抢在审计师前头补足小额现金亏空，物理学家为了配平方程，也不得不虚构了一种新粒子。这种粒子必须具有十分异常的属性：它不能有质量，也不能携带电荷，因而具有超强的穿透性，能不费什么力气就穿透一堵数百万公里厚的铅制墙壁。

他们给这幽灵般的粒子取名叫“中微子”——是中子，但没有质量。要测量这种神秘的实体简直是不可能的，然而在1956年，物理学家却凭借仪器上的大胆改进，破天荒地取得了几枚中微子样本。这不单是实验的胜利，也是理论家的胜利，因为他们终于把那个不可能配平的方程式配平了。

世界上的大多数人对这个发现毫不知情，漠不关心。然而不知不觉之间，朝向末日的倒计时已经缓缓启动了。

03

镇委会

塔纳镇的网络使用率从来没有超出过百分之九十五，但是话说回来，这个数字在任何时候都没低于过百分之八十五。它和萨拉萨星上的多数设备一样，也是由那些早已逝去的天才设计的，几乎不可能出现严重故障。就算大量零件出了问题，系统也会继续运行下去，直到有人实在忍不下去，动手将它修好为止。

工程师把这个现象称作“优雅的没落”，有些玩世不恭的人宣称，这个说法准确地反映了萨拉萨星人的生活方式。

据主计算机的统计，整个网络的可用率和往常一样在百分之九十五附近徘徊。镇长瓦德伦巴望着这个数字能下降一点儿。在过去半小时内，镇上的多数居民都向她发出了呼叫，还有至少五十个大人和小孩在议事厅里转悠；议事厅里本来就装不下那么多人，更别说让这些人都坐下了。平时开会的法定最低人数是十二人，但就算要凑满这个出席人数，有时都需要动用严厉的强制措施；剩下的五百六十位居民喜欢待在舒服的家里作壁上观，心情好的时候才会投上两票。

她也接到了几个镇子外面来的呼叫，两个来自省长，一个来自总统办公室，还有一个来自北岛新闻台，他们全都提了那个毫无必要的要求，她也全都给出了相同的简短答复：当然，当然，如有进展一定奉告，另外谢谢您的关注。

瓦德伦镇长不喜欢刺激，她这个地区行政长官的事业之所以还算不错，主要就是因为避开了刺激。但有时候刺激不可避免：就算她在709年投了否决票，那场飓风也不会转向——迄今为止，那都是本世纪最重大的事件。

此时的她正大声嚷嚷："都给我安静点儿！丽娜，别去碰那些贝壳，那都是别人费了好大劲才摆好的！再说已经是睡觉时间了！比利！从桌子上下来，马上！"

镇上的秩序很快就恢复了，速度快得出人意料。这说明居民们终于急着想听听镇长的说法了。瓦德伦关掉手腕电话上断断续续的"哔"声，将呼叫转接到了信息中心。

“坦率地说，我知道的不比各位多多少。而且在未来几个小时内，我们也不可能再得到什么消息。但有一点是可以肯定的：萨拉萨星上空的确出现了某种飞行器，而且它已经在我们的头顶返回了——应该说是进入了大气层。由于萨拉萨星上没有别的着陆地点，它早晚会回到三岛区域。如果对方正在围绕行星运动，那么着陆大概会发生在几小时之后。”

“试过电波通信了吗？”有人问。

“试过了，但到现在还没联系上。”

“或许不该试的吧？”有人紧张地说。

人群中出现了一阵短暂的静默。就在这时，瓦德伦镇长的头号批评者西蒙斯议长发出了一声不屑的嗤笑。

“这说法太荒唐了。要知道我们无论做什么，都会在十分钟内被对方发现。说真的，他们可能早就知道我们的方位了。”

“我完全赞同议长的意见。”瓦德伦镇长随声附和，抓住了这个难得的机会，“任何一颗殖民星的飞船都必然有萨拉萨星的地图。这些地图可能还是几千年前的，但上面肯定标了登陆原点。”

“但如果——只是假设啊——如果他们是‘异类’呢？”

镇长长叹了一声。她本以为人类在几百年前就对“异类”的话题感到厌倦了。

“宇宙中没有什么‘异类’，”她坚定地说道，“即使有，也不会聪明到能做星际远航的地步。当然了，话不能说死，但地球已经搜索了一千年，动用了各种能够想到的工具，还是没有找到‘异类’。”

“还有一种可能。”有人说道。大家齐刷刷地扭头望去，见说话的是米蕾莎，她正站在议事厅后排，和布兰特、库玛尔在一起。布兰特看起来有些恼火的样子——他爱米蕾莎，但有时候真的希望她别懂这么多，也希望她的家族没有在过去五代中掌管档案库。

“能有什么可能啊，亲爱的？”镇长问。

尽管表面上相当克制，但米蕾莎还是恼怒了。她不喜欢一个智力平庸的人这么居高临下地对自己说话——瓦德伦镇长智力不高，但绝对精明，或许说“狡猾”更合适。她老是对布兰特抛媚眼，但这倒丝毫没能惹恼米蕾莎，只是让她觉得有趣，甚至让她对这个老女人产生了一丝同情。

“这可能又是一艘机器播种飞船，和带着我们祖先的基因来到萨拉萨星的那艘一样。”

“怎么可能呢？都过去这么多年了。”

“怎么不可能？要知道第一批播种飞船只能加速到光速的百分之一到百分之二。那之后，地球人就一直在改进技术，直到地球毁灭之前还在努力。他们后来建造的播种飞船几乎比原先快了十倍。只过了一百年左右，最早的那批就被赶超了，也就是说，直到现在，这些早期播种船中还有许多艘仍在路上。布兰特，你也同意这说法吧？”

米蕾莎总是很注意让布兰特也参与讨论，只要一有可能，就会让他觉得讨论是由他发起的。她知道他在自己面前感到自卑，不想加重他的这种感觉。

身为塔纳镇上最聪明的人，她有时候真觉得寂寞。尽管她能通过网络和三岛上六位智力相当的人物沟通，但很少与他们当面交流。即使经过了几千年的发展，通信技术还是及不上真实的会面。

“这个想法很有意思，”布兰特说，“你可能是对的。”

布兰特·法考纳不谙历史，但对于人类殖民萨拉萨星之前的那一系列复杂事件，他还是有着一个技术员的认识。“那么，要真是又一艘播种船，我们该怎么办呢？”他问道，“对它说‘谢谢，但今天不行’吗？”

人群中响起了几声拘谨的轻笑。西蒙斯议长若有所思地说：“如果必要的话，一艘播种船我们还应付得了。再说，船上的机器人如果发现自己的工作已经有人代劳，应该就会取消计划吧？”

“是有这个可能，但它们也可能会觉得自己能比同行做得更好。总之，无论这艘飞船是地球发射的还是某颗殖民星后来研发的，乘在船上的一定都是某种机器人。”

这一点无须多说，人人都知道，载人星际飞行在技术和经费上有着巨大的障碍，就算技术上可行，也完全没有实施的必要。凡是人能干的机器人都能干，而且成本只要千分之一。

有镇民追问：“别管它是从哪儿来的，问题是我们该怎么应付它？”

“可能不用我们来应付，”镇长答道，“大家好像都猜想它会飞往登陆原点，但它为什么非得去那儿呢？毕竟，去北岛更有可能……”

镇长的观点以前也出过错，但从来没像今天错得这么快过。谈话间，塔纳镇的上空发出了隆隆的声响，这不是远处的电离层传来的雷鸣，而是飞行器快速划过低空时的尖啸。议事厅里的众人争先恐后地跑到室外，但只有最前头的人才看了个真切：那是一艘头部钝圆，机翼呈三角形的飞船，它一路上遮蔽星光，直冲着目标飞去。而那目标，正是被奉为萨拉萨星和地球之间最后一条纽带的登陆原点。

瓦德伦镇长在室内停留片刻，向信息中心作了汇报，接着便走进外面转悠的人群间。

“布兰特，你速度快，开‘小飞鹰’去。”

布兰特眨了眨眼。这位塔纳镇的首席机械师是第一次收到镇长的直接命令。接着，他的脸上就露出了窘迫的表情。

“‘小飞鹰’的机翼几天前被一颗椰子撞穿了，我要处理渔网的事，一直没空修理，它现在还不能做夜间飞行。”

镇长盯着他看了好一阵。

“那么我的车能开吗？”她语带讽刺地问道。

“当然没问题，”布兰特有些愤愤不平，“油都加满了，随时可以上路。”

镇长的车很少被开出来。塔纳镇面积很小，步行二十分钟就能走到头。当地的食品和设备运输都是靠沙橇完成的。镇长的座驾服役了七十年，里程数加起来还不足十万公里，不出意外的话，至少还能再开一个世纪。

萨拉萨星人会兴高采烈地试验各种堕落行径，但计划性报废和炫耀性消费却不在其中。谁都想不到，这辆年纪比乘客都大的老爷车，会在这时踏上它一生中最具历史性的旅程。

04

警钟响起

地球的第一声丧钟响起时，周围无人聆听，就连发现了这个致命事实的科学家，当时都没留意——那会儿，他们正身处地底，在科罗拉多州的一处废弃金矿中开展实验。

这是一次勇敢的实验，在20世纪中叶以前都是无法想象的。人类在发现中微子之后，马上就意识到自己拥有了一扇观测宇宙的全新窗口：这种新物质的穿透力如此强大，能够像光线透过玻璃一般轻易地穿过行星，既然如此，我们自然就可以用它来观测一切恒星的内部结构。

尤其是太阳。当时，天文学家相信自己已经理解了太阳内部的活动：核反应为这具熔炉提供能源，并最终养育了地上万物。在日心的巨大压力和温度之下，氢聚变成氦，这个过程伴随着一系列反应，释放出巨大的能量，还顺便制造了一批副产品，那就是中微子。

一旦离开了出生地，这些中微子就以光速向外逃逸。对它们而言，挡在前面的万亿吨物质不过是一缕青烟，压根儿构不成障碍。仅仅两秒之后，它们就脱离太阳的束缚，向着茫茫宇宙进发，沿途无论有多少恒星、多少行星，大多数中微子都能躲开所谓“固态”物质的拦截，一直飞奔到时间的尽头。

太阳发射出的一小股粒子流在八分钟后拂过地球表面，而其中的又一小股被科罗拉多的科学家拦截。他们将设备埋在了超过一公里深的地下，这样就使一切穿透力不强的辐射被地层阻挡，以确保最终截获的一定是少数来自太阳心脏的信使。在给这些中微子计数之后，科学家就能对太阳的内核展开详细研究。而在此之前，任何一个哲学家都能轻易证明，那里是人类的观察或推理永远无法触及的领域。

实验成功了。来自太阳的中微子被侦测到了。问题是，它们的数量太少了。被这架巨大仪器捕获到的中微子，在数量上比理论预期少了三到四倍。

显然是哪里出了差错。20世纪70年代，“失踪的中微子”

逐渐升格为重大科学丑闻。实验设备一次次接受检查，相关理论一个个被推翻，相同的实验做了好几十次，却都只能得出同一个令人困惑的结果。

到20世纪末，天体物理学家被迫接受了一个令人不安的结论。但在当时，还没有人能看透这个结论所蕴含的意义。

中微子的理论没有错，实验设备也没有故障。问题出在太阳内部。

2008年，国际天文学联合会举行了史上第一次秘密会议，会址选在科罗拉多州的阿斯本市，和首次举行实验的地点相去不远。会议召开时，同样的实验已经在十几个国家重复了多次。一周之后，联合会向各国政府提交了一份编号为“55/08”的特别公报，标题十分低调，叫《有关太阳反应的若干备忘录》。

随着消息慢慢走漏，各国政府终于公布了“地球将要毁灭”的真相。你可能会觉得，这个声明必定会在世界范围引发恐慌，但事实并非如此。公众先是震惊沉默，继而耸一耸肩，继续日常生活。

在地球上，没有几个政府会展望下次选举之后的未来，也没有几个人的眼光能超越孙辈。再说了，天文学家也有可能算错了呢。

退一步说，就算人类真要面临死刑，执行的日子也还遥遥无期。太阳在未来一千年内都不会爆炸，谁又会为自己的第四十代子孙伤心落泪呢?

05

驱车夜行

汽车驶上塔纳镇最有名的公路时，萨拉萨星的两个月亮都还没有升起来。乘客中有布兰特、瓦德伦镇长、西蒙斯议长以及两位年长的镇民。布兰特像往常一样毫不费力地驾着车，心里却还在为镇长刚才的斥责微微恼火。镇长那条丰腴的手臂在无意中搭上了他赤裸的肩膀，但这并没使他的火气消退。

萨拉萨星的夜晚美丽、宁静，扇形的车灯不时扫过道路两旁的棕榈树。看着这醉人的景色，布兰特很快就恢复了好心情。再说，他又怎能放纵那些无关紧要的个人情绪，让它们破坏这个历史性的时刻呢？

再开十分钟就到登陆原点了。那也是萨拉萨星历史的原点。究竟是什么在那里等候着他们？目前只能肯定一点：访客是循着古代播种船上仍在工作的火种找到这颗行星的。既然知道往哪个方向找，说明它们一定是来自同一个宇宙区域的人类殖民星。

可是——布兰特的心中涌起了一个不安的念头：火种的职责是向全宇宙广播智能生物的足迹，也就是说，任何人、任何东西，都能侦测到它发出的信号。布兰特还记得，几年前曾有人建议关闭火种，因为它非但已经没什么作用，反而可能造成危害。后来这个提议以微弱的劣势被推翻，大伙儿还是想保留火种，但理由发自感性，而非逻辑。萨拉萨星人或许很快就会为这个决定反悔，但事到如今，无论做什么都已经晚了。

西蒙斯议长在椅子上坐直了身子，低声和镇长说起了话。

“赫尔嘉，”西蒙斯议长说——这是布兰特头一次听见议长对镇长直呼其名，“依你看，我们还能和对方沟通吗？要知道，机器人的语言可是进化得很快的。”

瓦德伦镇长并不知道这个，但她很善于掩藏自己的无知。

“不必过虑，还是等见到对方再说吧——布兰特，能稍微开慢点吗？我还想活着去见它们。”

以目前的速度，在这段熟悉的路面上行驶绝对安全，但布兰特还是乖乖从命，将车子的时速降到了四十公里。他怀疑镇长是在拖延时间——在行星的整个历史上，它只引来过两架飞行器，这次会面可是一份沉甸甸的责任，整个萨拉萨星都看着呢。

“克拉肯！”后座上有人失声而呼，“好像没人带相机！”

“现在回去太晚了，”西蒙斯议长说，“反正拍照的时间有的是，我想它们不会说完‘你好’就立刻起飞的。”

他的嗓音稍微有些神经质，但布兰特觉得无可厚非。翻过这座山头，谁知道会有什么等着他们?

这时，只听瓦德伦对着车上的无线电说：“有什么进展我会及时通知您的，总统先生。”布兰特根本就没注意到有呼叫进来，他从刚才起就一直沉湎于自己的幻想，有生以来，他第一次希望自己当初能多学点历史。

当然了，基本知识他都知道，和他一起长大的萨拉萨星孩子也都了解。他知道，随着忧郁的时钟嘀嗒前行，地球上的天文学家对自己的猜测越来越肯定，对末日的预测也越来越精准：到公元3600年（误差为正负七十五年），太阳将会演变成一颗新星，它不会太亮，但足够庞大……

曾有位古代哲学家说过，人要是知道了自己明早就会吊死，心灵就会获得神奇的平静。就在第四个千年行将结束之际，整个人类都体会到了这个道理。如果说有这么一刻，人类终于怀着谦逊和坚定接受了真相，那一定就在2999年变成3000

年的那个寒冬的午夜。凡是亲眼看着年历上的“2”变成“3”的人都不会忘记一个事实：这个“3”再也不会变成“4”了。

不管怎么说，他们还有五百年的时间。在末日来临之前，还有三十代人能在地球上生存繁衍，他们能做的事还有许多。往少了说，他们至少可以将人类物种的知识和人类艺术的巅峰成就保存下来。

即便是在太空时代刚刚拉开帷幕的那些年头，第一批离开太阳系的自动探测器就已经捎带了人类的口信。一旦在茫茫宇宙中和其他探索者相遇，它们就会向对方传递人类的音乐、问候和图像。尽管人类在自身的银河系中没有发现外星文明，但即使是最悲观的人也坚信，在强大的天文望远镜覆盖的数十亿个宇宙岛上，一定会出现智能生物的踪迹。

一连几个世纪，人类将万亿字节的知识和文化发往仙女座星云，发往更远的星系。当然不会有人知道这些信号是否会被收到；即使收到，也无法确定它们是否会得到解读。尽管如此，多数人的心里都有着同样的冲动，那就是为人类留下最后的信息；其中的一些将向宇宙庄严宣告：“瞧，我也活过！”

到公元3000年，天文学家完成了一项工作：他们用几台巨大的轨道望远镜，观测了太阳周围五百光年内的所有行星系统。人类发现了几十颗和地球大小相仿的行星，还为比较接近太阳系的几颗绘出了大致的地图。其中有几颗的大气里氧分高得出奇，那显然是生命活动的迹象，人类完全有可能在那里生存——如果能够到达的话。

活人或许到不了，但人类的种族可以。

现在看来，第一批播种飞船相当原始，但它们无不将当时的技术运用到了极致。新的推进系统在2500年问世，令播种船得以载着珍贵的冰冻胚胎，在两百年内飞到最近的行星系统。但即便到了那时，它们的任务也才刚刚开始。它们还得带上自动设备，好将船上的人类唤醒并抚养长大，教导他们在一个未知的、多半是敌对的世界里生存下去。不能把一群赤裸、无知的孩子扔到一颗颗如撒哈拉或者南极般严酷的行星上，那样做不仅徒劳，而且残忍。这些孩子需要接受教育，需要获得工具，需要学会勘探当地的资源并加以利用。播种船在降落后就自动成为母船，它可能需要担负起照料好几代人的职责。

母船不仅要搭载人类，还要带上整个生物圈，其中必须包括植物（尽管没人知道目的地是否有合适的土壤）、家禽以及种类繁多的昆虫和微生物。这是为了让移民们得以在常规的食物生产系统出现故障时，依靠传统的农耕技术活下去。

以这种形式萌发的文明有一个优势：折磨了人类千万年的疾病和寄生虫将无以为害；它们都会留在地球，在新星太阳的烈焰中化为灰烬。

准备工作是繁重的：五花八门的数据库、能应对各种可能情况的“专家系统”、机器人、修理和备份装置，林林总总的设备，都需要有人设计、有人制造。它们要非常耐用，要保证在长度不小于从《独立宣言》发布到人类首次登月的时间段内，不出故障。

乍一看，这简直是一项不可能完成的计划，但实际上，它一经颁布就激励了每一个人，让整个人类团结起来，开始了奋斗。人人都知道这是人类历史上最后的一个长期目标，完成了它，就是为生命赋予了一些意义，一些连地球毁灭都不足以抹杀的意义。

2553年，第一艘播种飞船从太阳系启航，它的目标是离太阳最近的恒星，人马座阿尔法A星。它周围有颗名叫“帕萨迪纳”的行星，行星受到附近阿尔法B星的影响，气候狂暴、极端。然而下一个目标的距离是它的两倍——从地球飞到天狼X星要花去四百多年的时光；等到播种飞船抵达目标，地球或许已经不存在了。

但只要殖民帕萨迪纳的行动成功，殖民地就会有足够时间传回喜讯：用两百年时间抵达目标，五十年时间站稳脚跟并建立小型发射台，再过四年，就能将信号发回地球。如果一切进展得顺利，那么到2800年左右，地球的街道上就会响起胜利的欢呼。

欢呼响起是在2786年。帕萨迪纳的任务提前完成。消息传来，万众振奋，对播种计划的信心也重新鼓起。这时的地球已经发射了二十艘播种飞船，每一艘的技术都超越了前几艘，最后发射的一批能加速到光速的二十分之一，已经将五十多颗目标行星纳入航程。

然而，在传回首次登陆的消息之后，帕萨迪纳的火种就熄灭了。人类陷入失望，但失望转瞬即逝，因为有了第一次，就有第二次、第三次，而且每一次都会比之前更接近成功。

公元2700年，原始的冰冻胚胎技术遭到废弃。当时的人类技术已经能够将大自然封装在DNA双螺旋中的遗传信息提取出来，复制进最先进的计算机。这种方法更加轻巧、更加安全，也更加节省空间。一艘普通的千人座飞船就能容纳一百万个基因型。区区几百立方米的空间就能装下整个尚未出生的民族和建立崭新文明所需的复制设备，并将它们送往群星。

布兰特知道，这就是七百年前发生在萨拉萨星上的事。眼下，公路正沿着山坡渐渐升高，沿途的坑洞已经落入视野，那是第一代挖掘机器人工作的遗迹，它们就是在那里找到了创造布兰特祖先所需的原料。再过一会儿，早已废弃的处理站就会映入眼帘，还有……

“那东西是什么？”西蒙斯议长急促地低语。

“停车！”镇长赶忙下令，“布兰特，关掉引擎。”说着，她把手伸向了车上的麦克风。

“我是瓦德伦镇长，我们现位于七公里路标处，前方出现灯光，能透过树丛看见。根据我的判断，那里就是登陆原点。周围没有声音。现在重新上路。”

不等镇长下令，布兰特就向前松了松换速杆。这是他有生以来遇见的第二大刺激事件，第一次是709年的时候被飓风围困。

那次可不单单是兴奋，能活着出来都算是运气。按说这次可能也有危险，但他打心眼儿里不这么认为。机器人会有敌意吗？说实话，萨拉萨星上也实在没有什么能吸引外星球的东西，除了知识和友情……

西蒙斯议长又开口了：“那东西飞进树丛之前，我仔细看了一眼，我敢肯定那是某种航空器。不是播种船，播种船没有机翼，外观也不是流线型的。而且它看起来很小。”

“不管它是什么，再过五分钟就能见分晓了，”布兰特答道，“看那光，它在地球公园着陆了。肯定得在那儿着陆嘛。我们停车走过去吧？”

“地球公园”位于登陆原点东侧，它是一块精心养护的椭圆草地，从一行人现在所处的位置无法看到，因为他们的前面矗立着一尊巨大黝黑的圆柱体——那就是母船的残骸，是这颗行星上最古老、最受尊敬的一座丰碑。母船的船体尚未失去光泽，眼下正沐浴在一片光芒中。光源显然只有一个。

镇长命令布兰特在到达母船前停车：“然后我们就下车，到母船周围摸摸情况。把车灯关了，在我们主动现身之前别被他们看见。”

有乘客问了一声：“是他们……还是它们？”那声音有点神经质，可是没人搭理他。

汽车在母船巨大的阴影中停下，布兰特把车身转了一百八十度。

“这样逃起来快。”他半开玩笑半认真地解释。直到现在，他还是不认为前面真的有危险。实际上，他时不时觉得眼前的一切都是假的——或许他还睡着呢，这景象只是一幅生动的梦境。

一行人悄无声息地下车，朝母船走去。他们沿着船身，绕行到了光线和阴影交割的边缘。布兰特把手掌搭在额头，眯着眼朝发光处望去。

西蒙斯议长说得一点不错：那的确是某种航空器，或者航天器，而且是体积很小的那种。不会是北岛人吧？不，绝不可能。三岛就这么点地方，这种飞行器根本用不上，再说这类东西的研发也瞒不住外人。

那飞行器的样子像一只钝钝的箭头。它一定是沿垂直方向降落的，因为周围的草地上没有碾压的痕迹。光芒来自它背侧的一间流线型舱室，舱室上方还有一小盏一亮一亮的红灯。大致是一架普通的机器。这一点叫人宽心，不过说实在的，也令人失望。就凭这东西，是不可能跨越几十光年，飞到最近的已知殖民星的。

这时，飞船上的主灯骤然熄灭，布兰特等人跟着眼前一花。过了一会儿，双眼适应了黑暗的布兰特看见了飞船前部的几扇舷窗，在内灯的照明下，窗口透出暗淡的光。看这东西，不像是他们先前认为的那种机器人飞船，它简直就是一部载人航天器！

瓦德伦镇长也得出了同样的惊人结论。

“我看不是机器人，里面有人！大家都别浪费时间了！布兰特，用手电照着我，我想让他们看见我们。”

“不行，赫尔嘉！”西蒙斯议长抗议。

“别傻了，查理。布兰特，我们走。”

两千年前，那个首次登月的人是怎么说的来着？“这是个人的一小步……”一行人刚踏出二十小步，飞船的侧面就打开了一扇舱门，一架舷梯迅速翻开，伸到地面。舷梯上，两个人形生物下了台阶，朝他们走来。

是的，“人形生物”，这就是布兰特的第一反应。但他紧接着就意识到，自己被对方的肤色误导了——或许应该说，是被对方都裹在透明活动薄膜中的肤色。

不是什么人形生物，而是人类。如果他从出生以来就没有接触过阳光，他也会像这两个人一样白皙的。

镇长对来者摊开双手，示意自己没带武器。这个手势源远流长，和人类的历史一样古老。

然后她开口说：“我想你们听不懂我说的话，但欢迎二位来到萨拉萨星。”

两位来客莞尔一笑。年长的那位是个相貌英俊的男人，长着一头灰发，看起来快七十岁了，此刻他也对镇长摊开了双手。

接着，他用布兰特听过的最沉稳、最悦耳的嗓音说：“恰恰相反，我们完全听得懂您说的话。很高兴认识您。”

霎时间，欢迎的众人一片震惊，哑口无言。但布兰特转念一想，傻子才觉得吃惊呢，他们自己听到两千年前的口语时，不也照样能够理解吗？自从有了录音技术，所有语言的基本语音模式也就固定下来了。词汇可以扩充，句式、语法可以修改，发音却能保持千年不变。

瓦德伦镇长是第一个从震惊中回过神来的。

“这倒是省去了许多麻烦，”她的措辞相当乏力，“可二位是从哪里来的呢？自从我们的深空天线被毁，我们照理就和……和各位友邻失去了联系。”

年长的男人将目光转向高出自己一大截的同伴，无声的信息在两人间传递着。然后，他又将视线转回等待答复的镇长，缓缓开口说话。

他用那悦耳却不失悲伤的嗓音，发表了一则荒唐的声明：“各位可能觉得难以置信。我们并非来自任何殖民星，我们是直接从地球来的。”

第二部

麦哲伦号

06

着 陆

还未睁开双眼，罗伦就知道了自己的方位。这感觉让他不由得有些惊讶：他已经沉睡了两百年，即使有些头昏脑胀也算正常，但现在的他十分清醒，写下上一篇航行日志仿佛还是昨天的事。他尝试回忆梦境，但一个都记不起来，便暗暗觉得欣慰。

他继续闭着双眼，把注意力依次集中到了各个感官上：耳边的人声很轻柔，让人听了安心；嗞嗞声很熟悉，那是空气交换器发出的；空中吹来一阵若有若无的气流，将气味芬芳的杀菌剂送到他的脸上。

唯一感觉不到的是重量，他稍一使力，右侧的手臂就抬了起来，它静静地悬在半空中，等候着下一道指令。

“你好哇，罗伦森先生！”一个使坏似的声音乐呵呵地说，“您终于回到群众的队伍中来了！感觉如何？”

罗伦终于张开眼睛，用力凝视着床边那张模糊的脸孔：“你好……大夫，我感觉不错，就是饿。”

“饥饿永远是个好兆头。现在你可以穿上衣服了，动作先不要太快。络腮胡子可以待会儿再决定去留。”

罗伦把悬在半空的右手伸向下巴，意外地摸到了一大把胡子。他和多数男性一样，从来没考虑过永久脱毛——心理学家对此做过许多研究——但现在，或许是该考虑一下了。真有意思，在这种时候，脑子里想的却都是无关痛痒的小事。

“我们安全到达了？”他问道。

“当然喽，要不然你这会儿还睡着呢。一切都按计划进行，飞船在一个月前开始把我们挨个儿唤醒。我们现在已进入萨拉萨星轨道，负责维修的同事检查了船上的各个系统，现在该轮到你上场了。我们还为你准备了条意外的消息。”

“希望是好消息。”

“大家都是这么希望的。贝船长会在两小时后召开简报会，地点在主会议舱。你要是暂时还不想动，可以在这儿看直播。”

“我想见见大伙儿，还是去会议室吧。不过先让我吃个早饭行吗？好久没吃了。”

瑟达尔·贝船长带着疲倦而愉悦的神情接见了刚刚苏醒的十五名男女，并将他们一一介绍给A组和B组的三十名船员。根据船上的规章，C组的人这时候应该还在休眠，但现在却有几个在会议室后面游弋，他们的动作十分小心，唯恐引人注目。

“欢迎各位加入，”船长对新到的船员说，“很高兴能见到几张新的面孔，更高兴的是见到了一颗行星。我们的飞船在没有重大故障的情况下飞行了两百年，已经完成了第一阶段的任务。前方就是萨拉萨星，我们将准时到达。”

在场的人都将视线转向盖满了大半面舱壁的显示屏。那上面显示的主要是各种数据和飞船的状态信息，但占据最大面积的却是一扇视窗，里面显示的是舱外的景象。眼下，窗口里正充塞着一轮蓝白相间的巨大球体，它几乎完全笼罩在光芒之中，美丽得令人哑口无言。在场的船员大概都注意到了一件伤感的事：这颗行星像极了从太平洋上空俯视的地球，一眼望去几乎尽是海水，海面上只有零星的几块陆地。

是的，这里有陆地，有三座紧紧簇拥、被浮云遮住了一角的岛屿。罗伦不由得想到了夏威夷，那个他从未涉足、已不存在的地方。不过，两颗星球之间还是有一处根本的不同：地球的另一面主要由陆地覆盖，而萨拉萨星的另一面则仍然是茫茫大海。

贝船长自豪地宣布："任务规划师算得没错，我们到了。但是有一个细节他们没算准，我们的行动肯定会因此受到影响。

"各位都还记得：在萨拉萨星执行播种任务的，是一艘马克3A型五万单元播种船。它于2751年从地球启航，3109年抵达萨拉萨星，其间进展得相当顺利，一百六十年后，地球接收到了第一个信号，它断断续续地发送了两百年左右，然后突然中断，在中断之前曾简短地报告过一次火山大喷发。那以后，萨拉萨星就断了音讯。据我们猜测，星球上的殖民地可能已被摧毁，至少也倒退回了蛮荒时代。这种情况在另外几颗殖民星上也发生过。

"下面我对新加入的同事重复一遍迄今的发现：我们在进入恒星系时，按照惯例在所有的波段上进行了搜索，结果一无所获，连供电系统泄漏的辐射都没发现。

"但是在飞近萨拉萨星之后，我们就认识到这个结果不能说明什么问题，因为萨拉萨星的电离层非常厚实，在它的下方很可能藏着大量不为人知的中波和短波信号。微波当然是可以穿透电离层的，但他们可能根本不需要微波，也有可能是我们碰巧没有拦截到。

"总之，各位的下方有一个成熟的文明。我们刚看清这颗星球的阴面，就发现了城市的灯光——看那规模，至少也是镇子。他们有许多小型工业设施，近海有少量交通，但是没有大船。我们甚至还发现了两架飞行器，它们的时速达到五百英里，能在十五分钟内将乘客送到任何一个地点。

“很显然，这样一个紧密的社群不需要太多空中运输，他们的道路系统已经相当完备了。但我们还是没能侦测到任何通信信号，也没有发现卫星——我们原来以为他们肯定有气象卫星，但是他们连这个都没有。不过话说回来，可能真的是不需要，他们的船只大概不会行驶到看不见陆地的海域。况且，除了三座岛屿之外，他们也实在没什么地方可去。

“情况就是这样。形势非常有趣，算是个大大的惊喜。至少我希望如此。好了，各位有什么问题？罗伦森先生？”

“试过和他们联系了吗，长官？”

“还没有，我们认为，在对他们的文化水平做出确切评估之前，不能贸然联系，因为我们无论做什么，对他们而言都可能是强烈的震撼。”

“那他们知道我们来了吗？”

“大概还不知道。”

“可是他们肯定已经看到我们的引擎光了！”

这话很有道理：一架开足马力的量子喷射推进器是人类最壮观的发明之一，它发出的强光与核爆不相上下，但在时间上能持续数月之久，而不是短短的几微秒。

“的确有这个可能，但我表示怀疑，因为我们的减速飞行主要是在太阳的另一面完成的。在日光的照射下，他们不太可能看见我们。”

接着，有人问出了每个人都在思考的问题。

“长官，这会对我们的任务造成什么影响？”

瑟达尔·贝若有所思地望着那名提问者。

“这个问题目前还无法回答。如果下面有几十万或者随便多少人类，我们的任务就会完成得容易些，至少会完成得更开心。可是话说回来，如果他们不喜欢我们……”

他耸了耸肩，表示余下的不言而喻。

“我想到了一位老探险家对同事的忠告：如果你觉得当地人是友善的，他们通常就会表现出友善，反过来也成立。因此，除非有相反的证据，我们还是假定他们都是友善的吧。如果事实上相反，那么……”

说到这儿，船长的表情严峻起来，嗓音里也充满了威严，那正像是一位率领伟大的飞船跨越五十光年宇宙的指挥官。

“我从来不主张强权即公理，但武力永远是一颗定心丸。”

07

末日的贵族

真是难以相信：他真的苏醒过来了，生命又能重新开始了。

罗伦·罗伦森少校明白，自己永远也无法从那场悲剧中彻底脱身：悲剧已经延绵了四十多代人，并在他的有生之年达到高潮。在新生的最初几天，他的内心一直被恐惧所占领。即便是麦哲伦号下方那颗充满希望和神秘的星球也不能让他摆脱一个想法：今夜当他闭上双眼，沉入两百年来的第一次自然睡眠，会有什么样的梦境等着他呢？

他曾经目睹了任何人都无法忘怀的景象，在时间终结之前，那景象都会萦绕在人类的心头，无法散去。通过飞船的望远镜，他亲眼看着太阳系走向了灭亡。他看见火星上的火山十亿年来首次喷出岩浆；他看见金星的大气被吹进宇宙，片刻的赤裸之后，它自身也被太阳吞噬；他看见那几颗气体巨星逐个爆燃，成为一团团炽热的火球。然而，和地球的悲剧相比，这些都只不过是空洞苍白的景象。

那场悲剧，他在摄像机里亲眼目睹了。有人献出生命的最后时刻，将摄像机安装到位；但是和这些无私的人相比，那些摄像机也只是多存在了几分钟而已。他看见——

——大金字塔泛出暗红，然后塌陷成了一摊熔岩——

——大西洋在瞬间干涸，坚硬的海床裸露了几秒，随即被涌出的岩浆再度淹没——

——巴西的丛林一片火海，火光中升起的明月在夜空中熊熊燃烧，那光芒甚至堪比几分钟前最后一次落下的太阳——

——数公里厚的远古冰川化为气体，埋藏于其下的南极大陆短暂地露出了真面目——

——雄伟的直布罗陀大桥在半空中熔解、崩塌——

在末日前的那个世纪里，地球上到处游荡着鬼魂；它们并非死者，而是永远不能出生的婴儿。在最后的五百年里，地球上的出生率一直很低，这是为了将最后时刻的人类总数维持在几百万左右。于是，一个个城市没有了人烟，一个个国家遭到了遗弃，剩下的人类聚居到一起，共同迎接历史的最后一幕。

这是一个奇特的时代，人类在绝望和狂喜的两极之间往复摇摆。许多人试图依靠传统的消遣忘却命运，他们吸毒、滥交、投身危险的运动，甚至有人玩起了小规模的战争游戏；只不过战事受到密切监控，武器由双方协商定夺。同样流行的是五花八门的电子宣泄，有人投入了无休无止的电子游戏，有人迷上了互动式戏剧，更有人直接刺激脑部获得快感。

再也不必担忧这颗行星的未来了，行星上的一切资源、各个时代积聚下来的一切财富，都可以问心无愧地大肆挥霍。单以物质财富而论，每个人都是百万富翁，他们的财富之多，是勤勤恳恳的祖辈无论如何也想象不到的。他们不无讥讽却又不失骄傲地将自己称为“末日的贵族”。

千千万万的人醉生梦死，但更多的人投入到了比自己的生命更伟大的事业中去。凭着获得解放的巨大资源，许多科学研究得以继续进行。如果一个物理学家需要在实验中动用一百吨黄金，那么预算将不是问题，只是运输会有点困难。

这个时代最重要的科学议题有三项。一是对太阳的持续观测。这不是对太阳将要毁灭的事实有什么怀疑，而是要将毁灭的时间预估精确到年、月、日、小时。

二是对地外智能的搜寻。几个世纪的失败之后，人类曾将这个项目打入冷宫，事到如今又急不可待地重拾了起来。但即便到了最后，这个领域的成就也没能超过前人。面对全人类的追问，宇宙一如既往地给出了乏味的答案。

第三项当然就是向周围的恒星播种生命，以避免人类随着太阳的毁灭一同消亡。

到了最后一个世纪的开端，人类已经造出了更快、更精良的播种飞船，并将它们送到了五十多个目的地。结果不出所料，多数任务都以失败告终，但也有十艘发回了至少是局部胜利的消息。人类将更大的希望寄托在了更新、更先进的飞船上，尽管它们要在地球毁灭后很久才会抵达各自遥远的目标。最后发射的一艘会加速到光速的二十分之一，并在飞行九百五十年后着陆——如果一切顺利的话。

罗伦还记得“无敌神剑号”从位于地月拉格朗日点的船坞启航时的情景。他当时才五岁，却已明白这将是最后一艘播种飞船。然而，这个持续了几个世纪的项目，却为什么要在技术最成熟的时候取消？这一点，是年幼的他所不能理解的。他也绝对想象不到：在地球的最后几十年内，一项惊人的发现将会扭转整个局面，为人类赋予新的希望，并彻底改变他的人生。

当时，关于载人宇航的研究数不胜数，但还没有一个可行的方案能将人类送到哪怕最近的恒星。这样的航行可能要持续一个世纪之久，但时间并不是最大的困难，休眠技术就能解决这个问题。有一只恒河猴已经在“路易·巴斯德号”卫星医院里沉睡了近一千年，脑部活动仍旧完全正常。人类休眠的最高纪录是由一位患了特殊癌症的病人创下的，时间不到两百年。但是科学家相信，猴子做得到的事，人类一定也能做到。

生物学上的问题算是解决了，工程上的障碍却似乎难以逾越。

要将数千名休眠的乘客送到外星，还得带上开始新生活所需的一切物资，这就要求把飞船造得非常庞大，要像曾经称霸地球海洋的远洋轮那么大才行。

建造这么一条飞船并非难事：只要在火星轨道外搭建船坞，再利用小行星带充足富裕的资源就行了。真正困难的是设计出合适的引擎，好让这个大家伙在合理的时间长度内飞到目的地，这一点可比登天还难。

就算飞船能加速到十分之一光速，也要经过五百多年才能抵达那些有望定居的目标。机器人探测器达到过这个速度，它们曾经飞速穿过附近的恒星系，经过几个小时的忙乱，将观测数据传回地球；问题是它们无法减慢速度、会合或着陆；如果不发生意外，它们就将在银河系中永远疾驰下去。

火箭技术的根本问题就在于此，然而在深空推进领域，还没有能够替代火箭技术的办法。在宇宙里，减速和加速一样困难，但如果带上减速用的推进装置，任务的难度将不止是原来的倍数，而是原来的平方。

一条装备齐全的休眠飞船可以达到光速的十分之一，它需要携带约一百万吨特殊物质作为燃料，这很困难，但不是没有可能。

然而，要想在航行结束前先行减速，它要携带的燃料就不是一百万吨，而是恐怖的一万亿吨，这一点根本不可能办到，因此几个世纪以来一直没人朝这方面考虑。

但历史发出了极大的反讽：人类居然在离开锁的时间还不到一个世纪时，获得了通向宇宙的钥匙。

08

追忆逝去的爱

真好，摩西·卡尔多心想：我没有屈从于诱惑，没有掉进艺术与技术在千年之前为人类设下的陷阱。我要是愿意，完全可以在踏上这段流放之路时带上那个几十亿字节的程序，那个伊芙琳的电子幽灵。那样，她就会出现在我的面前，出现在我们俩钟爱的任何一个背景中。不仅如此，我还能和她说话，我们的对谈将无比真实，外人根本看不出我的面前不是个活人——或者什么活物。

但是我看得出来。在五分钟、十分钟的自欺之后，我还是会清醒过来的。况且我无论如何都做不到自我欺骗，对那种事有着本能的厌恶，我也不知道是为什么。我一向拒绝与死者对话，因为那是一种虚假的安慰。我连她的录音都没留下。

还是现在这样最好：我回想着我们最后的家，回想着她在小院子里静静走动的样子。我知道这不是人工合成的错觉，而是确确实实发生过的事，在两百年前，在地球。

现在只有我在说话，在此时，在此处，说给我的记忆听；给那段仍旧存在于我那活着的、人类大脑中的记忆。

私人录音一。加密一号。自动擦除程序。

你是对的，伊芙琳，错的是我。我虽然是飞船上最老的人，但看来还能发挥点作用。

醒来时，贝船长就站在我的身边，令我刚恢复知觉就感到了荣幸。

我对他说："船长，真意外啊，我本来猜想你会把我当作垃圾扔进太空呢。"

船长哈哈大笑着说："这个可能还是存在的，摩西，航行还没结束呢。但起码现在，我们肯定是需要你的。虽然你看不上任务规划师，但他们还是有智慧的。"

"他们要我在船上当什么'大使顾问'。那么现在我是要当大使还是当顾问？"

"可能两个都得当，你可能还得扮演你那个更有名的角色……"

“如果你想说‘圣战士’，那么请别犹豫，尽管我从没喜欢过这个称号，也不当自己是什么运动领袖，我只不过想启发大家自己思考，可不是要别人盲目地追随我，领袖这东西，历史上已经太多了。”

“这话没错，但领袖也未必就是坏人，比如和你同名的那位[①]。”

“他名不副实，可你要是敬仰他，我也理解，毕竟你也要率领无家可归的部落，也要找到应许之地。我猜，我们是出了点小故障？”

船长微笑着答道：“很高兴你能这么警惕。但目前来看一个故障都没有，未来也不可能有什么故障。不过倒是出现了一个谁都没有预料到的情况。你是我们的正式外交官，我们原以为绝对不会用到你的专业技能，现在看来并非如此。”

告诉你，伊芙琳，我听到这里时猛吃了一惊。贝船长一定是注意到了我张大嘴的样子，他准确地猜中了我的心思。

“不不，我们没有遇见外星异类，”他赶紧解释，“只是萨拉萨星上的人类殖民地没有如我们想象的那样毁灭。正相反，它运转得很好。”

① 指《圣经》中带领以色列人走出埃及的摩西。

这当然又让我吃了一惊，但这次绝对是惊喜。萨拉萨星，除了海洋，还是海洋！我从未料到自己会面对这颗行星。我本该在数十光年之外，在几个世纪之后苏醒的。

“那里都是些什么人？和他们取得联络了吗？”

“目前还没有，联络是你的工作，你比任何人都了解人类在过去的交往中犯下的错误，我们不想在这里重蹈覆辙。好了，如果准备好了就来舰桥，我让你俯瞰一下我们这位失散多年的兄弟。”

伊芙琳，这一切发生在一周之前。没有了时间上的压力是何等愉快的事！尤其是在严守了几十年的“死线”之后——那可是不折不扣的死线。现在，我们已经在未和萨拉萨星人正面接触的情况下，了解了我们所能了解的全部信息，剩下的就看今晚的碰面了。

我们已经选中了一个地点，以显示我们认可双方的血缘关系，那就是播种船的登陆点，那个地点清晰可见，保存完好，看起来就像是公园，也可能是个神社，这是个非常好的兆头，希望在那里着陆不会被当作是亵渎。不过那也可能使当地人将我们奉为神明，那样就更方便了。萨拉萨星人有没有发明出他们自己的神祇？这也是我想知道的事。

亲爱的，我又活起来了。是啊，是啊，你比我这个所谓的

“哲学家”更有智慧！一个人只要还能够帮助同类，就没有权利赴死。我曾经自私地想走另一条路，想永远躺在你的身边，躺在我们很久之前选中的那个遥远之地。而现在，我甚至可以接受你的身体已经在太阳系中四处飘散的事实了。我知道，你和所有我曾在地球上挚爱的东西都已消失。

眼下还有工作等着我去完成。只要我还在和你的记忆交谈，你就是活着的。

09

探访超空间

20世纪的科学家在心理上承受了一次次打击，其中最具毁灭性，也是最出人意料的，或许要算如下发现：所谓的“太空”，其实是一个拥挤得不能再拥挤的地方。

亚里士多德说过“大自然厌恶真空”，他说得完全正确。就算把某一方空间中的每个原子全部移走，也还是会剩下一片灼热翻滚的能量之海，它的强烈和巨大都是人类的心灵所无法想象的。“真空”的真相是“超空间”，它是一种致密到极点却又仿佛泡沫状的结构。人类已知的最致密的物质是中子星，它每立方厘米都压缩了千万吨物质，但是和“超空间”相比，它只不过是一缕虚无缥缈的幽灵而已。

宇宙的丰富远远超出了人类直觉的天真估计，这是兰姆和卢瑟福在1947年的经典研究中揭示出来的。这两位科学家以最简单的元素——氢原子——作为研究对象，他们发现，单个电子在围绕原子核转动时发生了一件非常奇怪的事：电子的运行轨道并不平滑，看起来像是有什么微观的波不断冲击着它。两人由此提出了一个难以理解的想法：真空本身就在波动着。

早在古希腊，哲学家就分成了两大学派。一派认为自然的运行是平滑的，另一派则认为平滑只是假象，一切运动都是不连贯的跳跃、抽动，只是幅度太小，无法在日常的尺度上察觉。原子理论的建立宣告了第二条思路的胜利。后来，普朗克又提出了量子理论，证明连光和能量都不是连续的，而是一小段一小段的。到这时，两个学派的辩论终于画上了句号。

按照最终的理论，自然界是不连续的、颗粒状的。虽然在肉眼看来，一道瀑布和一堵砖墙是截然不同的东西，但实际上，两者没有什么差别，只是构成瀑布的水分子砖块过于渺小，无法凭肉眼识别罢了，一旦有了物理学家的专门仪器，就能轻易看到它们的真面目。

而现在，理论又向前迈进了一步：空间的颗粒性之所以难以察觉，不仅是因其微小，更是因其暴烈。

任何人都没法想象一厘米的百万分之一是什么样子，但

“一百万”这个数字对人类而言是熟悉的，它在预算和人口统计中都出现过。只要告诉他们：一厘米的长度需要一百万个病毒排队才能填满，他们就多少会明白一点。

那么一厘米的万亿分之一呢？那相当于一枚电子的大小，肉眼根本看不见，我们或许可以从理智上把握它，但没法从感觉上认识它。

难以置信的是，空间结构上的事件尺度甚至比这个还小。在那个尺度上看，一只蚂蚁和一头大象差不多大。如果把它想象成一群不断翻腾的泡沫（这个类比肯定是误导，但大致还算说得过去），那么这些泡沫的直径就是——

一厘米的十万万万万万万亿分之一……

接着想象：这些泡沫不断破裂，每次破裂都释放出原子弹爆炸的能量，它们吸收这些能量，再倾吐出来，不断地吸收、倾吐，直到永远。

这个极尽简化的模型，就是20世纪末的一些物理学对于空间基本结构的描绘。然而，要想将这些泡沫内部的能量开采出来，在当时还纯粹是无稽之谈。

科学家早就想到了释放原子核中新发现的力量，也的确在半个世纪不到的时间里办到了。但是要束缚“量子涨落”，开采真空本身的能量，其难度却上了好几个数量级，可是一旦成功，报偿也会跟着倍增。

别的不说，它能够让人类在宇宙中自由驰骋。有了它，宇宙飞船就能几乎一直加速，因为燃料已经不再需要。但荒谬的是，宇航员反倒会遇上早期飞行员所遇上的速度障碍：周围介质的摩擦。恒星之间游弋着氢原子和其他原子，它们的质量相当可观，不等飞船达到光速就会酿成事故。

量子引擎本来可以在公元2500年之后的任何一年问世，如果是那样，人类的历史就会大有改观。但科学总是曲折前进的，由于错误的观测和理论，最终的突破不幸延迟了近一千年。

在那躁动的最后几百年中，人类创造出了许多绚丽却多半颓废的艺术作品，在基础科学领域却罕有突破。更糟的是，科学的一连串失败让每个人心灰意冷，在人们看来，开采真空中的能量无异于制造永动机，在理论上都不成立，遑论实践。但实际上，这个假设和永动机还是不尽相同的，至少，还没有人能证明它不可能办到。直到有人无可辩驳地证明了这一点之后，人类才算恢复了一些希望。

离末日还有不过一百五十年，在拉格朗日一号无重力研究卫星上，一群物理学家给这个方案判了死刑。他们宣称超空间的巨大能量确实存在，但永远无法开采。可在当时，已经没有人对这个尘封的科学问题感兴趣了。

然而，仅仅过了一年，拉格朗日一号就传出了一声尴尬的咳嗽：物理学家们在一年前的证明中找到了一个小小的瑕疵。物理学的历史上常常出现疏漏，但没有一个产生过如此轰动的结果。

有人不小心把负号写成了正号。

转瞬之间，世界为之改变。就在午夜来临前的五分钟，通向群星的道路豁然开朗。

第三部

南 岛

10

第一次接触

摩西·卡尔多暗中思忖：或许我该说得婉转些，对方显得相当吃惊呢。不过，这个反应倒是很说明问题。这些当地人在技术上或许相当落后（看看那车吧！），但他们一定明白我们从地球飞到这里需要非常高超的技术。他们首先会想了解我们是如何做到的，接着就会想知道我们为什么要这么做。

瓦德伦镇长倒是首先想到了“为什么”：这两个乘坐小型飞行器的男人显然是先头部队，轨道上可能还有上千人，甚至上百万人。而萨拉萨星上的人口，尽管已经严格控制，仍已接近生态最适度的百分之九十……

这时，年长的那位访客又开口了：“我的名字叫摩西·卡尔多，这位是罗伦·罗伦森少校，星舰麦哲伦号上的副总工程师。我们为这两套气泡服道歉——您也明白，这是为了保护我们双方不受伤害。尽管我们是带着友谊而来，可船上的细菌或许另有打算。”

他的嗓音真美啊，瓦德伦镇长心想。她的感觉没错：这一度是地球上最著名的嗓音，曾经在末日前的几十年为数百万人带去抚慰与激励。

尽管如此，镇长那双骨碌碌转个不停的眼睛并没有在摩西·卡尔多身上停留多久。卡尔多显然已经六十多岁，对她来说太老了一点。旁边的那位年轻人倒是更对胃口，尽管她也不知道自己能否习惯他那张惨白的面孔。罗伦·罗伦森（多迷人的名字）差不多有两米高，他的头发是很淡的金色，差不多都接近银灰色了。好吧，他没有布兰特那么健硕，但他无疑英俊得多。

瓦德伦镇长看男人和女人的眼光都很准，她很快就把罗伦森归了类：他有智慧，有决心，可能还有那么点残忍。她不想与他为敌，倒是很愿意和他交个朋友，或者比朋友更进一步……

同时，她也认准了卡尔多的心地更好。看着他的面庞，听着他的嗓音，她就已经觉察到了智慧与同情，还有一股深深的悲哀——悲哀是当然的，想想自出生起就笼罩在他头顶的阴霾吧。

这时，欢迎团的其他成员也都围拢了过来，镇长为他们一一作了介绍。布兰特以最短的时间打了招呼，接着便径直朝那架飞行器走去，开始从头到尾研究了起来。

罗伦跟上了他，他认出了一名同行。从这个萨拉萨星人的反应里应该可以了解许多。他猜到了布兰特大致会先问什么，但后者真的发问时，还是让他吃了一惊。

“它用的是什么推进系统？那些喷射口实在小得不像话——如果它们真是喷射口的话。”

这个观察非常仔细。看来，这些人的技术水平并不像表面上那么落后。但他可不能让对方看出自己受了震动。他要还以颜色，杀对方一个下马威。

“这是一台下降式量子喷射引擎，专门为大气层内的飞行做了改造，以空气作为工作流体，它的能源来自普朗克涨落——你知道的，10的负33次方厘米。因此它当然可以无限加速，空气里还是真空里都一样。”罗伦对“当然”这两个字很是得意。

但布兰特的反应让他再度称奇：这个萨拉萨星人连眼睛都没眨一下，只说了声“很有意思”——好像他真听出什么意思来了似的。

接着他问："我能进去吗？"

罗伦犹豫了：拒绝可能不礼貌，他们毕竟是想尽快和对方交上朋友，还有一点或许更加重要：他可以借这个机会告诉对方，谁才是这里的行家。

"当然可以，"罗伦答道，"什么都别碰就行了。"布兰特实在兴致盎然，没有注意到他没说"请"字。

罗伦领着布兰特走进了船上狭窄的气密舱。那里只容得下他们两个人，罗伦费了好大的劲才把布兰特套进那套备用的气泡装。

"我也希望这东西不用穿太久，"他向布兰特解释道，"但是在完成微生物检测之前，你都得一直穿着。现在把眼闭上，等到消毒程序结束后再睁开。"

布兰特觉察到了一道微弱的紫色光芒，还听到气体发出的短暂嗞嗞声。然后，内舱门就打开了，两人来到了控制室里。

两人肩并肩坐下。身上的薄膜坚固而难以察觉，对行动几乎没有影响。尽管如此，薄膜还是把两人分开了，仿佛将他们隔离成了两个不同的世界——从许多方面来看，这也的确是事实。

罗伦承认布兰特学东西很快：只要再给他几个小时，他就能操作这艘飞船了，尽管他永远不可能理解驱动飞船的原理。

不过话说回来，据说真正能理解超空间动力学原理的也不过寥寥数人而已，而这几个人都在几世纪前就去世了。

两人很快就沉浸在了技术细节的讨论中，几乎忘却了外面的世界。这时，控制台方向突然传来一个略带忧虑的声音："罗伦，这里是母舰，出什么事了？我们已经半个小时没有你们的音讯了。"

罗伦懒洋洋地按下了一个开关。

"你们正在六个视频信号和五个音频信号上监视着我们呢，不至于这么紧张吧。"他希望布兰特能听出他的言下之意：局势完全在我方的掌控之下，我们可不会放松戒备，"我帮你转给摩西。老规矩，说话的活都由他干。"

弧形的舷窗外，摩西·卡尔多还在和镇长热烈地讨论着，西蒙斯议长也不时插上两句。罗伦按下一个开关，船舱中瞬间响彻了外面的对话声，音量比三个人站在身边说话还大。

"……尽地主之谊。但是您肯定也知道，就陆地面积而言，这是一颗非常渺小的行星。您说您的飞船上有多少人来着？"

"镇长女士，我好像没有提到确切数字。萨拉萨星是个美丽的地方，但是在任何情况下，我们的船员都只会有一小部分在行星表面登陆。我完全理解您的……您的关切之情，但是您完全不必感到担忧。只要一切顺利，我们在一两年后就会重新启程。

“再有，我们来这里不是为了拜会友人——我们根本就没料到会在这儿遇到任何人！但是一艘星舰会以光速的一半飞行，一定有其充分的理由。你们有我们需要的东西，我们也有东西要给你们。”

“我能问问是什么吗？”

“如果你们愿意接受，我们将献出人类在最后几个世纪中创造的艺术和科学。但是我要提醒一句：这份礼物可能会对你们自身的文化造成相当大的冲击——对我们提供的一切照单全收，可能不是明智之举。”

“感谢您的坦率，还有您的理解。我肯定你们的手上有几件无价之宝。那么，我们又能向你们回赠些什么呢？”

卡尔多发出了浑厚的大笑。

“幸好这不是什么问题。这东西呀，就算我们擅自取走，你们也未必会注意到。

“我们想从萨拉萨星取走的，是十万吨水，更确切地说，是十万吨冰。”

11

代表团

萨拉萨星的总统上任才刚满两个月，对于自己的不幸遭遇还不能完全接受，但也无能为力，只能在未来三年内尽量把这份糟糕的工作干好。要求重新计票当然是没用的，总统的选拔通过千位数字的随机生成和交叉存取来确定人选，那是人类想出的最接近随机的办法。

有五种方法可以避免身陷总统府（府上共有二十个房间，其中有一大间，可容纳一百位宾客）的危险：一、未满三十；二、年逾七十；三、身患不治之症；四、智力有缺陷；五、犯下严重罪行。

对艾德加·法拉丁总统而言，唯一可行的是最后一项。他还真的仔细考虑过这个选项。

不过他也承认，除了给他个人带来不便之外，萨拉萨星的政府大概是人类设计出的最佳政府了。母星上的人类花了一万来年的时间才将它完善到现在这个地步，其间不断尝试，还常常犯下可怕的错误。

等到所有的成年人都在学校里绞尽脑汁以后（有时绞尽脑汁都不够），真正的民主就有了可能。最后一道门槛是由中央计算机连接起来的即时个人通信网络。据历史学家研究，地球上第一个真正的民主政体建立于2011（地球）年，地点在一个名叫新西兰的国家。

从那以后，挑选国家领袖的事务就变得不那么重要了。大众普遍接受了一个观念：任何一个蓄意想当领袖的人都该自动出局。在那之后，随便什么政体都能有效地服务大众，选举也简化成了抽签。

“总统先生，客人在书房等您。”内阁秘书说。

“谢谢，伊丽莎白，他们的泡泡装都脱掉了吧？”

“都脱了，所有医务人员都认为他们是绝对安全的。可是还有一点我要提醒您，他们……呃……他们的气味有点怪。”

“克拉肯！怎么个怪法？”

秘书莞尔。

“唔，也不算难闻，至少我不这样想。这气味一定是和他们吃的东西有关。我们已经分开了一千年，生化反应可能都不一样了。他们的气味嘛，说‘芬芳’大概最合适吧。”

总统闹不明白这两个字是什么意思，就在盘算要不要问时，他突然想到了一个令人担忧的念头。

“那么，你觉得在他们闻起来，我们会是什么味儿？”

还好，在逐一介绍五位客人时，他们并没有表现出鼻腔受罪的模样，但秘书伊丽莎白·石原的提醒绝对明智：他现在总算明白“芬芳”是什么意思了。伊丽莎白说得没错，他们的确不难闻，还让他想到了几种香料的气味。每次轮到他妻子做饭时，总统府里就会飘满这种香气。

总统大人在马蹄形的会议桌前坐下，心里莫名其妙地想起了概率和命运，而这两个问题都是他以前从未考虑过的。当初就是纯粹的概率将他推上了现在的位置，现在，它（或者说，是它的兄弟——命运）又出手了。他本来是个运动器材制造商，胸无大志，眼下却被委以重任，主持这次历史性的会面，想想就觉得奇怪。但是不管怎么说，这份活计总得有人来干，而且他得承认，自己逐渐喜欢上了这份工作。至少，现在的他很期待能发表一席欢迎词。

致辞可以说相当成功，尽管就算是在目前的场合也略显冗长。接近尾声时，他注意到听众原来礼貌倾听的表情变得有些呆滞，于是便省掉了几个关于产量的统计数字，南岛新建电网的事也整个略过。语毕落座时，他感到信心十足：刚才的致辞塑造了一个技术先进、活力充沛、不断向前的社会形象。他的听众会觉得，萨拉萨星尽管乍一看有些落后的迹象，但实际上既不落后也不腐朽，反而继承了伟大的祖先们最优良的传统，如此等等。

“十分感谢，总统先生，”贝船长赞赏地停顿片刻，然后说道，“当我们发现萨拉萨星不但有人居住，而且欣欣向荣时，我们真是感到了莫大的惊喜。我们的逗留一定会非常愉快。希望在我们离开时，除了双方的善意，什么都不要带走。”

“原谅我如此直接——客人刚到就问这个问题可能显得唐突——你们准备在这儿逗留多久？我们想尽快了解，以便做出必要的安排。”

“总统先生，这一点我完全明白。但目前我们还无法确定，因为这部分取决于您所提供的协助。据我估计，我们至少会待上一个萨拉萨星年，更有可能是两年。”

和多数萨拉萨星人一样，艾德加·法拉丁并不擅长掩饰自己的情感。这位最高长官的脸上一下子露出欢快的表情（说狡猾也可以），贝船长见了心中一惊。

他急忙问道：“阁下，这不会带来什么不便吧？”

“恰恰相反！”总统大人兴奋得直搓手，“你们可能还没听说：再过两年，我们的第200届奥运会就要召开了。”说到这儿，他轻轻咳嗽了一声，“我年轻那会儿得过一千米赛跑的铜牌，于是大伙儿就推选我做了组委会主席。我看我们可以各出一些人，比试比试！”

内阁秘书在一旁插话：“总统先生，规则可能不允许……”

“规则是我定的！”总统大人坚定地说，“船长，请考虑一下这个邀请。您愿意的话，当作是挑战也行！”

贝船长在决策时素来果断，但眼下的形势却完全出乎他的意料。正当他踌躇着该如何作答时，一旁的医务总长玛丽·牛顿及时上前解了围。

“总统先生，非常感谢您的邀请，”玛丽·牛顿说，“但是我这个医务人员想提醒您几点：我们都已经三十多岁了，平时完全缺乏锻炼。而且萨拉萨星上的重力比地球高出百分之六，这会让我方处于严重劣势。所以，除非你们的奥运会有象棋或纸牌项目，否则就恕难从命了。”

总统露出失望的神色，但不一会儿又变得乐呵呵了。

“那好吧，不过贝船长，您至少得出面颁几个奖。”

“我很荣幸。”船长略微有些茫然，他觉得这次会面有点失控，必须得把它扳回正道。

“总统先生，我能谈谈我们在这里的计划吗？”

“当然可以，”总统答得有些心不在焉，他老人家的心思还在别处游荡呢，或许是在缅怀年轻时的胜利……但接着，他明显收住了心神，把注意集中在了眼下的谈话上，“各位的到来让我们感到既荣幸又困惑。这颗星球能提供给各位的应该很少。我听说你们要这儿的冰，这是开玩笑的吧？”

“不是的，总统先生，我们是绝对认真的，我们的确只想在萨拉萨星上采集一些冰。不过我们在着陆后试吃了点儿东西，觉得午餐时的奶酪和葡萄酒也很对胃口，所以我们的需求可能会大大增加。但我们最想要的仍然是冰，这一点让我解释一下，请先看看图像。”

空中浮现出了星舰麦哲伦号那两米长的影像，它看起来栩栩如生，总统都想伸手去触摸了；要不是有旁人在场，他肯定会做出这个幼稚的举动。

“如您所见，这艘飞船大体上是个圆柱体，长度四公里，直径一公里。我们的推进系统采用的是空间本身的能量，所以在理论上，飞船的速度没有上限，能一直加速到光速。但是在实践中，我们加速到光速的五分之一就会遭遇阻力，阻力来自恒星间的尘埃和气体。这些障碍物虽然稀薄，但是当物体的运动速度达到每秒六万公里或者更高，它就会和大量物质发生撞击；而且在这个速度上，即便是一个小小的氢原子都能造成相当可观的破坏。

“因此，麦哲伦号像早期的原始太空船一样，在前部安装了一块烧蚀防护罩。这面盾牌可以用任何材料建造，只要量够大就行。而在温度接近于零的星际空间里，实在没有什么东西比冰更适合了，它廉价，容易加工，而且还坚固得很！您看这个钝圆锥体，它就是我们在两百年前离开太阳系时挡在飞船前面的小冰山，现在已经变成了这个样子。”

图像抖动了一下，又重现了。飞船的形象没变，但悬浮在它前部的锥体已经缩成了一层薄薄的圆片。

“在银河系的这个灰尘密布的角落，它挖出了一条长度五十光年的坑洞，就只剩这些了。我们把烧蚀率控制在了百分之五以内，所以没有遇上任何危险，这个结果我很满意，但飞船撞上什么大东西的可能性还是存在的。一旦发生那样的撞击，不管是冰盾还是装甲板都保护不了我们。

“剩下的冰盾能让我们再飞十光年，但只有十光年是不够的，我们的最终目标是萨根二行星，距这里还有七十五光年的航程。

“总统先生，您明白我们为什么要在萨拉萨星停泊了吧：

我们是想问你们借——该说‘乞求’吧，因为没法保证归还——乞求十万吨左右的水。我们必须在轨道上另建一座冰山，那样才能在飞向群星的路上扫清障碍。”

“可我们该怎么帮忙呢？”总统问道，“你们的技术可是比我们先进了几个世纪啊。”

“我看未必，除了量子引擎，我们的技术也谈不上有多先进。如果您批准，我就让副船长马林纳大致说说我们的计划。”

“请。”

“首先，我们得找一个建立制冰站的地点。方案有好几个，比如可以在海岸线上圈出一块地，它对本地的生态不会造成任何干扰，但你们要是觉得不妥，我们就把站点建在东岛上，希望克拉肯山别在完工之前喷发才好。

“站点的设计已经基本完成，只要根据最终的选址稍作修改就行。大多数重要部件可以马上投入生产，都是些简单的设备——水泵、冷冻系统、热交换器、起重机什么的——20世纪的老技术还是很管用的！

“如果一切顺利，我们就能在九十天后生产出第一块冰。我们的计划是制造标准尺寸的冰块，每块的重量是六百吨，形状是平坦的六边形——曾有人把它叫作‘雪花’，后来这名字就沿用了下来。

“开工之后，我们将每天生产一片‘雪花’，然后把成品运到轨道，拼装成防护盾。从第一片‘雪花’下线到最终结构测试，一共会用去两百五十天，然后我们就会准备起航。”

副船长说完之后，法拉丁总统静坐了片刻，一言不发，两眼出神。然后，他用几乎是恭敬的口吻说道：“冰……我还从没见过冰呢，除了杯子里的冰块……”

与客人握手道别时，法拉丁总统发现了一桩怪事：客人身上的“芬芳”已经变得若有若无了。

是他习惯了对方的气味，还是他丧失了嗅觉？

两个答案其实都对，但当天的午夜时分，他已经认定是第二个答案了：从睡梦中醒来时，他发现自己两眼泪汪汪，鼻塞严重得连呼吸都感到困难了。

“亲爱的，你怎么了？”总统夫人焦急地问道。

“叫那个……阿嚏！叫医生来！把我们的医生和飞船上的那位都叫来！他们可能什么鬼办法都没有，但我至少可以……阿嚏！可以骂他们两句！希望你还没受感染。”

第一夫人安慰了丈夫几句，但旋即就被他的喷嚏声打断。

两人坐在床上，一脸不快地看着对方。

“一般得七天才能好，”总统吸溜着鼻子说，“但也可能医学在过去几百年里有了点进步。”

医学的确进步了，但也没进步多少：医务人员经过奋勇苦战，在没死一个人的情况下，在六天后将疫情镇压了下去。

对一对被群星分开了近一千年的堂兄弟来说，这样的重逢可不是什么好兆头。

12

传 人

伊芙琳，我们已经来了两个星期，但感觉上却没有那么久，因为按照萨拉萨星的日历，时间才过了十一天。我们早晚会抛弃旧的历法，但我的内心会永远随着地球的古老韵律一起搏动。

这阵子过得很忙，大体也很愉快，唯一的问题是医药方面的。我们已经采取了一切预防措施，但隔离还是解除得太快了，这使得大约两成的萨拉萨星人受到了某种病毒的感染，更令人歉疚的是，我们的船员中没人出现任何症状。幸好没有死人，但这恐怕不能归功于当地的医生。这里的医学非常落后，他们太依赖自动医疗系统了，连最简单的问题也处理不了。

但萨拉萨星人原谅了我们，他们真是心地善良、性格随和的人民。能生活在这颗行星上，他们的运气真的很好——或许有点太好了！相比之下，萨根二就更显得荒凉了。

他们的唯一障碍是土地有限，但他们非常明智，把人口数控制到很小，远远不到可持续发展的上限。就算他们有过突破上限的冲动，也一定从地球贫民窟的记载中得到了教训。

他们是如此美好、迷人，叫人很难放任他们走自己的路，发展自己的文化，而不伸手援助。在一定意义上，他们就是我们的孩子。而做父母的都难以接受这样一个事实：我们迟早得对孩子放手。

当然了，一定的干预是免不了的。我们的到来就是干预。我们是不请自来的，幸好没有被拒之门外，而是成了这颗星球的客人。他们始终会惦记着大气层外的麦哲伦号，那是祖先的行星派来的最后一位特使。

我又去了一次他们的出生地——登陆原点——走了一遍每个萨拉萨星人都至少会走上一遍的路线。那里现在既是博物馆，也是神社，还是在这颗行星上，“神圣”一词唯一能派上点用场的地方。七百年过去了，那里还没变过。播种船只剩下一具空壳，但看起来还像是刚刚着陆的样子。它的四周默默躺着各种机械，有挖掘机，有建造机，还有机器人操作的化学加工站。当然了，第一代人类的养育站和学校也在那里。

有关第一代人类的记录已经基本湮灭——可能是有意为之。尽管规划师们技术高超，事先也有防灾预案，但当时肯定还是发生了生物学事故，留下的痕迹肯定也被覆盖程序无情地抹掉了。再后来，那些没有生身父母的个体被自然诞生的个体所取代，这个过程一定也充满了心灵的创伤。

事到如今，创生那几十年的悲苦和哀伤都已经过去几个世纪了。像先驱者的坟墓一样，它们已经被新社会的缔造者忘记。

我很乐意一辈子都住在这里。萨拉萨星上有着丰富的研究素材，足够一大群人类学家、心理学家、社会科学家研究上好一阵了。最重要的是，我真的希望能见见那些早已不在人世的同行。我想告诉他们，我们之间那些无休止的辩论，现在终于有了答案！

事实证明，要建立一个理性的、人道的、完全不受超自然因素威胁的文化，是完全可能的。尽管我在原则上不认同审查制度，但我必须承认，那些为萨拉萨星殖民地准备档案库的人的确完成了一项几乎不可能的任务：他们清理了一万年的历史和文学，结果证明，他们的做法是对的。如果要重新引入这些失落的文化遗产，我们必须做到非常谨慎，就算是对美到极致、动人心魄的艺术品，也得遵循这个原则。

萨拉萨文明从未受过那些已死宗教的毒害，在它七百年的历史上，也没出现过什么鼓吹新宗教的先知。“上帝”这个词差不多已经从他们的词汇中消失了。当地人听我们说出这两个字时都感到相当意外——或者说有趣。

我的科学家朋友喜欢说，孤证不等于统计。因此，虽然这个社会完全没有宗教，我也不敢说这就证明了什么。据我们所知，萨拉萨星人的基因都经过了仔细甄选，尽可能去除了负面的社会特质。是的，是的，我也知道人类的行为只有百分之五由基因决定，然而这部分基因是非常重要的！萨拉萨星人仿佛完全没有羡慕、狭隘、嫉妒、愤怒等负面情绪。这难道完全是文化塑造的？

有一件事我很想知道，那就是26世纪的那些宗教团体发射的播种飞船现在都怎么样了？那批播种船共有六艘，其中包括摩门教的“约柜号”和“先知之剑号”。我想知道：它们当中有没有成功的？宗教在它们的成败中起了什么作用？也许有一天，等局域通信网建立起来，我们就能知道那些先驱的下落了。

萨拉萨星的彻底无神论也造成了感叹词的贫乏。一个萨拉萨星人在不慎砸到脚趾时会一下子哑口无言，即便是呼喊某些身体功能的句子也不足以抒发情绪，因为它们在这儿都不是什么禁忌。唯一不分场合的感叹词是“克拉肯”，这句话简直叫当地人给用滥了，但它也明确显示了克拉肯山在四百年前的那场喷发对当地人造成的影响。我希望能在离开之前去会一会这座大山。

未来还有好几个月，但我在心里已经害怕起来，我并不害怕前方可能的危险——即使飞船在途中遭遇不测，我也永远不会知道。我之所以害怕，是因为一旦发生不测，我和地球的联系——还有，亲爱的，和你的联系——就又断了一根。

13

别动队

“总统听了肯定不高兴，”瓦德伦镇长饶有兴致地说，“他可是铁了心要送你们去北岛。”

“我知道，”马林纳副船长答道，“我真的不想让他失望，他可是帮了不少忙。可北岛的岩石实在太多了，最合适的沿海区域又已经开发了。这儿倒是有一处被彻底遗弃的海湾，它有一片带点坡度的沙滩，离塔纳镇也只有九公里，是个理想的地点。”

“听起来好得都不像是真的。布兰特，那个海湾为什么会被遗弃？”

“都是因为红树林计划。那儿的树全死了，到现在还不知道原因，留下的烂摊子也没人敢去清理。那地方看起来很糟糕，闻起来更糟糕。”

“这么说，那个海湾已经算是片生态灾区了……船长，请你们随便使用！你们去那儿动工，还能顺便改善改善当地环境呢。”

“我们保证把制冰站造得非常美观，而且不对环境产生一点儿影响。当然了，我们在离开时一定会把它彻底拆除，除非你们想要保留。”

“谢谢您的提议，但是每天几百吨冰对我们来说，应该没什么用处。那么塔纳镇能为你们提供什么呢，住宿、饮食、交通？只要你们开口，我们一定乐意帮忙。我猜你们会有好些人下来干活的吧？”

“大概一百来人吧。感谢您的提议，但您的好意我们只能心领，因为一旦开工，我们就得日夜不停地和母舰开会，所以要一直待在一起。我们已经预先设计了一个小村庄，组装好了我们就立刻带着设备住进去。我这么说可能有点不识好歹：别的任何安排都派不上什么用处。”

镇长叹了口气：“我想您是对的。”她刚刚还在盘算怎么开个后门，把贵宾套间拨给那位仪表堂堂的罗伦森少校，而不是副船长马林纳。这个问题还真伤脑筋呢。现在可好，这压根儿就不再是问题了。

她觉得灰心极了，差点想呼叫北岛，请上一任正式配偶过来一起度假。但那个浑蛋多半又会拒绝的，她可受不了这个。

14

米蕾莎

许多年之后，米蕾莎·里奥尼达还能记起第一次看见罗伦的情景。那种感觉她从未在别人身上体验过，连布兰特都不例外。

这和新鲜感没有关系：她在遇见罗伦之前已经和几个地球人打了照面，没觉得他们有什么不寻常。只要在太阳底下晒上几天，他们多数会变得和萨拉萨星人别无二致。

罗伦就不同了：他的皮肤一点儿都没晒黑，那头惊人的头发倒显得更白了。那天他和两个同事一起从瓦德伦镇长的办公室里出来，那头泛着银色的头发一下子就吸引了她的目光。当时，他们三个人看起来都略有些垂头丧气，只要和镇上那个迟缓、僵硬的官僚体制打过交道，正常人都会是这个反应。

就在这当口，两人的目光碰到了一起，片刻之后又分开了。米蕾莎先是朝前走了几步，然后不由自主地骤然停下，转头回望。她看见那位访客也在注视着她。

转瞬之间，两人都已明白：他们的生活将从此改变。

当晚，云雨之后，她问布兰特："他们说了要待多久吗？"

"怎么挑这时候问啊？"布兰特睡意朦胧地咕哝着，"至少一年吧，也许两年。晚安——第二次说了。"

她丝毫没有睡意，但也明白不该追问了。好一阵子，她就这么睁眼躺着，望着内月的光芒扫过地板，听着身边那具令人珍爱的身躯轻轻沉入睡眠。

她在布兰特之前结交过许多男人，但在认识布兰特之后就对别人没了兴趣。可是现在，她的心中又燃起了兴趣（她还在假装那仅仅是兴趣），对方是一个她才看了几秒的男人，连叫什么都不得而知（打听名字是明天的头等大事）。

米蕾莎一直对自己的清醒与敏锐感到自豪，她看不起那些为感情左右的男女。她明白这个地球人的魅力部分源于他的不同和他所代表的宏伟新世界：这个人曾用自己的双脚在地球的城市中穿行，他曾目睹了太阳系的最后几小时，现在又踏上了前往新恒星的道路。能和这样一个人交谈真是做梦都想不到的奇迹。她又一次察觉到了内心深处对现状的不满：萨拉萨星的生活平淡如水，除了和布兰特的幸福时光，其余都乏善可陈。

或许，她在布兰特身上得到的不是幸福，而仅仅是满足？她到底想要什么呀？这些来自群星的陌生人身上是否就有她想要的，这一点她还不得而知。但至少，她得在他们离开萨拉萨星之前试上一试。

那天早晨，布兰特也拜访了瓦德伦镇长。当他把渔网的碎片扔到她面前时，镇长的反应不温不火。

“我也知道你有大事要忙，”布兰特说，“可这件事我们怎么处理？”

镇长看着卷成一团的缆线，一副漫不经心的样子。在经历了目眩神驰的星际政治之后，日常事务已经很难让她集中精神了。

“你觉得是怎么回事？”她问。

“这显然是蓄意的。看这儿，网线在断裂前还被扭了两下。他们不仅破坏了我们的网，还带走了部分网线。这种事肯定不是南岛的人干的，没有动机啊。我一定会找到真相，迟早会找到……”

布兰特意味深长地停顿了片刻，余下的话不言而喻。

“你怀疑是谁？”

“自从开始试验电网捕鱼技术，我就一直在和两类人较量，一类是保育派，还有一类就是那些疯子——他们觉得一切食物都必须是合成的，吃活的东西是邪恶的，无论吃的是动物还是植物。”

“保育派的想法还算有点道理：如果你的渔网真像你说的那么有效，那就会干扰他们一直在说的生态平衡。”

“这得看常规礁石普查所显示的结果，如果真如你所说，我们就会暂时把实验停一阵。我感兴趣的毕竟是远洋鱼类，我的电网似乎能把它们从三四公里外吸引过来。再说了，就算三岛上的人都只靠吃鱼过活，也不会对海洋的生物总数造成任何实际影响。”

“就本土的‘伪鱼’而言，我觉得你做得一点儿没错，这可是件大好事呢——它们毒性太强，根本没法加工。但是你肯定地球的鱼群已经在这个星球上站稳脚跟了吗？那句老话可能是对的：你或许充当了压垮骆驼的最后一根稻草。”

布兰特满怀敬意地看着镇长：她总是能提出些机灵的问题，让他觉得意外。他没有想到的是：要不是因为其内涵远超外表，她是不可能在这个位置上坐这么久的。

“金枪鱼可能活不下去，海洋的盐度还得过几百万年才能赶上它们的需求。鳟鱼和鲑鱼倒是活得挺好。”

“而且它们真是好吃，好吃到可能突破合成派的道德戒律。你的猜测很有趣，但我不太接受。那些人也就是嘴上说说，不会真动手的。”

“他们几年前在一个试验农场释放过一整群牲畜。”

“不是释放未遂吗？被释放的奶牛直接走回了农场，大伙儿都笑得不行，他们只能把后来的抗议活动都取消了。我可不认为他们会花这么大力气搞破坏。”镇长说着，指了指那张破裂的渔网。

“这也花不了多少力气，夜里驾一艘小船，船上带几个会潜水的就行。那一带的海水才二十米深。”

“好了好了，我去调查调查。另外，我还想要你做两件事。”

“什么事啊？”布兰特想要隐藏语气中的怀疑，但完全隐藏不住。

“第一是把渔网修好，技术商店会为你提供一切设备。第二是在证据确凿之前别再指控人。你如果猜错了就会出洋相，还得道歉；如果猜对则会打草惊蛇，让破坏分子逃跑。明不明白？”

布兰特微微张嘴：他还从没见过镇长表现出这么尖锐的态度。他收起罪证，有些灰溜溜地离开了。

如果他知道了瓦德伦镇长已经不那么喜欢自己，他或许会更加垂头丧气的，但也可能会觉得好笑。

那天早晨，副总工程师罗伦·罗伦森征服了不止一位镇民的心。

15

新地球村

给基地起这么个让人怀念地球的名字，实在是不吉利，没有人肯承认是自己的主意，但“新地球村”总比“基地”好听一些，于是大家很快就接受了。

一座座事先设计好的小屋以惊人的速度拔地而起，几乎一夜之间就全盖好了。这是塔纳镇的居民头一次见识地球人——应该说是地球的机器人——的工作风格。他们全都看呆了，连布兰特也不例外。他一直认为机器人弊大于利，只能在危险、单调的工作中使用，但现在，他的想法也改变了。工地上，一台优雅的多功能移动建筑机正忙碌着，它工作起来风驰电掣，叫人看得眼花缭乱。无论它开到哪里，都会有一群小小的萨拉萨星人跟在后头，面带仰慕之色。无论在做什么，只要看到前面有人，这台巨大的机器都会礼貌地停下，等到海岸边的人走光了才重新开工。布兰特拿定了主意：他就是需要一个这样的帮手，或许他能说服这些客人，让自己也……

过了一周之后，新地球村已经开始正常运作，成为了大气层外的那艘星舰在地面上的缩影。村里的员工宿舍外观朴实，内部舒适，能供一百名船员居住。室内装备了住客所需的一切生命维持设备，还有图书馆、健身房、游泳池、电影院等等。萨拉萨星人很喜欢这些设备，急不可待地把它们占满了。结果新地球村名义上只有一百居民，但随便什么时候，它的实际人口都至少是这个数字的两倍。

多数参观者都迫不及待地伸出援手（有的是不请自来的），似乎是铁了心要让客人过得尽量舒适。这份友善让地球人非常开心，并从心里觉得感激，但也常常叫他们觉得尴尬。萨拉萨星人拥有无穷的好奇心，对“隐私”这个说法，他们闻所未闻。要是在门口竖个“请勿打扰”的牌子就会被视为挑衅，并常常引发有趣的纠纷……

在麦哲伦号最后一次船员会议上，贝船长对船员发表了如下指示：“各位都是高级军官，也是智力出众的成年人，我不说这话，你们也都应该明白：在了解萨拉萨星人的确切想法之前，尽量不要卷入……嗯……卷入纷争。他们表面上非常随和，但这可能只是假象。卡尔多博士，你也这么认为，对吧？”

“长官，我对萨拉萨星人的研究时间很短，还不敢自称是萨拉萨星习俗方面的权威。但我们眼下的处境在地球的历史上不乏先例：当古代的帆船在长途远航后靠岸，就往往会和当地人发生冲突——许多人想必都看过那部经典古董片《叛舰喋血记》吧？”

“卡尔多博士，你不是要把我比作库克船长——不，是布莱船长[①]吧？”

“就算那样也不算侮辱，布莱在历史上是位出色的航海家，他是被人恶意中伤的。总之，在现阶段，我们需要的是常识、礼貌，还有您刚才所说的，谨慎。”

卡尔多说最后一句时是在朝自己这边看吗？罗伦心想：事情还没那么明显吧……

由于职责需要，他每天都要和布兰特·法考纳见上几十面。而见了布兰特就不可能不见米蕾莎，想躲都躲不了——尽

① 布莱船长：指威廉·布莱，英国海军将领，“慷慨号”船长，因船员哗变遭受流放。《叛舰喋血记》就是据此改编的电影。库克船长同样也是英国海军将领，三度出航太平洋，最后在夏威夷群岛为当地土著所杀。

管他不想躲。

他和米蕾莎还没有单独相处过，说过的话也不过是几句礼貌的寒暄。但是和她之间，已经无须再说什么了。

16

聚会

“这叫‘婴儿’，”米蕾莎说，“虽然外表看不出来，但总有一天，他会长成一个完全正常的人类。”

她脸上带着微笑，两眼却湿湿的。看着罗伦惊讶的表情，她意识到了一件从来没想到过的事：单是这个镇子上的孩子，就可能比末日之前地球上的孩子总数还多——那会儿的地球，出生率已经接近零。

“这小东西……是你生的吗？”罗伦低声问道。

“嗯……首先，这不是‘小东西’，是个‘小男孩’。他叫莱斯特，是布兰特的外甥，孩子的父母这会儿在北岛，暂时由我们照顾一下。”

“他可真美，能让我抱抱吗？”

小莱斯特仿佛听懂了似的，哇哇大哭起来。

米蕾莎哈哈大笑：“看来不行！”说着急忙把孩子抱到手里，朝最近的厕所走去。“他这是在发信号呢。趁别的客人还没来，你先跟着布兰特和库玛尔四处转转吧。”

萨拉萨星人热爱聚会，一有机会就组织，而麦哲伦号的来访无疑是他们一辈子才有机会一遇的。准确地说，是几辈子才有的。幸好船员们足够小心，没有接受每一个邀请，不然的话，他们就得每天一睁眼就开始在各种官方、非官方的招待会之间奔波了。没过多久，船长就发布了一条罕见而强硬的命令，船员们打趣地称之为“贝爷雷霆”，简称“贝雷”——命令规定，每位船员最多每五天参加一次聚会，但也有人觉得这个频率还是太高，因为萨拉萨星人实在太好客，五天时间还不足以从聚会的情绪中恢复过来。

里奥尼达家的宅子现在住着米蕾莎、库玛尔和布兰特三人。那是一栋庞大的环形建筑，已经住过六代家族成员了。房子只有一层（塔纳镇上很少有多层楼房），中间有一方边长三十米的庭院，青草萋萋。庭院正中有个小池子，一道造型优美的木桥通向池中的一座小岛，小岛上种着一棵棕榈树，看着有点病恹恹的样子。

“这树过一阵就得换，”布兰特带着歉意说，“有些地球植物在这儿生长得很好，但有的怎么也长不好，不管用了什么化学催生剂都会死掉。我们尝试引进的鱼类也是这样。如果有鱼塘当然好，可我们这儿没什么湖泊，海洋倒是大得不得了，这事想想就丧气。真希望能够好好利用海洋啊。”

罗伦暗想：布兰特·法考纳一说到海的话题就变得相当无聊。但他也承认：谈论海洋总比谈论米蕾莎来得保险。在那边，米蕾莎已经照顾好了莱斯特，正在招呼新来的客人。

他恐怕做梦也想不到自己会陷入这样的处境吧？他以前也恋爱过，但是那些记忆，甚至那些名字，都已经被记忆擦除程序擦除了——每个船员在离开太阳系时都接受了擦除，目的是让他们免于痛苦。他甚至没有想过要找回那些记忆：他的过去已经彻底毁灭，何苦用那些形象来折磨自己呢？

他一周前刚在休眠舱里见过绮塔妮，可就连她的面庞都渐渐变模糊了。他曾和绮塔妮一同计划了未来，但那个未来可能永远实现不了。米蕾莎就不同了，她没有冰冻在五百年的休眠中，而是就在此刻，就在眼前，浑身散发着活力，散发着欢笑，她让罗伦重新觉得完整。他欣喜地发现：末日时代的紧张和疲劳，终究没能夺走他的青春。

和米蕾莎在一起时，他总能急迫地感受到作为男人的冲动。只要体内的压力得不到释放，他的内心就不会平静，工作起来也没有效率。有几次研究红树林海湾的建造计划时，流程图中浮现出了米蕾莎的面庞，他不得不给计算机下达暂停指令，然后在脑海中对她倾诉。有几次两人一起待了几个小时，相隔不过几米，却只能礼貌地寒暄几句，每到这个时候，他就感受到分外强烈的折磨。

布兰特突然告辞，匆匆走了出去，罗伦松了口气，但他很快就发现了布兰特离开的原因。

瓦德伦镇长走了过来："罗伦森少校！希望塔纳镇没有亏待你。"

罗伦暗叫了一声苦。他知道自己应该对镇长以礼相待，但社交礼仪向来不是他的长处。

"没有没有，谢谢您。您大概还没见过这几位先生吧。"

他冲着院子另一头几个刚到的同事打了声招呼，嗓门儿大得有点过分。运气不错，对方都是上尉。军人就算离开了岗位，军衔也不会失效，对这一点他向来是充分利用的。

"瓦德伦镇长，这位是欧文·弗莱彻上尉。欧文，你这是第一次下来对吧？这几位是华纳·吴上尉、兰吉·文森上尉、卡尔·鲍斯莱上尉……"

这几个年轻人是典型的火星人，喜欢拉帮结派，老是同进同出，不过这样目标就明显了，加上他们风度也好——罗伦确信，镇长对自己的脱身毫无知觉。

多琳·张本想和船长交谈几句，但船长只是象征性地露了露面，喝了杯东西，对主人道了声歉，然后就迅速离开了。

张问卡尔多："他为什么不肯接受我的采访呢？"卡尔多在这方面没有禁忌，他接受的视频和音频采访加起来已经能播放几天了。

"贝船长具有特殊的地位，"他对张说，"他和我们不一样，不用解释，也不用道歉。"

"你的语气好像有点讽刺。"萨拉萨广播公司的这位明星记者说道。

"我没想讽刺什么。我对船长十分敬仰，也接受他对我的看法，当然了，是有所保留地接受——呃，你在录音吗？"

"目前还没有，背景噪音太大。"

"算你运气好，虽然跟我不熟，可我还是什么都对你说。"

"你说的我肯定不录，摩西。船长对你到底是什么评价？"

"他很看重我的想法和经验，对我这个人却不怎么当回事，他的理由我完全明白。他有一次对我说：'摩西，你喜欢权力，不喜欢责任，而我两样都喜欢。'这句评论很精准，一下子概括了我们俩的区别。"

“那你是怎么回答的呢？”

“我还能怎么回答？他说得可是一点不错。我只有过一次参政的经历，结果嘛……不能说是一场灾难，但绝对不是我乐于见到的。”

“你是指卡尔多圣战？”

“哦，原来你知道。‘圣战’之类的说法很蠢，我听了就来气。这又是船长和我产生分歧的地方。他那会儿认为，章程不该强制我们避开所有可能存在生命的行星，他认为这婆婆妈妈，没有意义，肯定到现在他还这么想。船长还有一句名言：‘法则我能理解，但元法则纯粹是胡扯——呃，纯粹是胡话了。’”

“太精彩了！我以后一定得把这句话录下来。”

“绝对不行——那边出什么事了？”

多琳·张懂得何时穷追，也懂得何时放手。

“那个啊，是米蕾莎最喜欢的气体雕塑。你们地球上一定也有吧？”

“当然有。既然你还没开始录音，我就再说句心里话：我觉得那算不上什么艺术，好玩倒是挺好玩的。”

庭院一角的大灯已经熄灭，十几名宾客聚拢在了一枚直径接近一米的硕大肥皂泡周围。卡尔多和张也走了过去。只见肥皂泡内部闪出螺旋形的彩色光芒，仿佛是一块旋涡星云正在诞生。

张解释说：“这件作品叫作‘生命’，已经在米蕾莎家传了两百年，现在有点漏气了，我记得以前比现在还亮。”

就算漏了气，这也还是件动人的作品。底部的电子枪和激光束由程序控制，在肥皂泡上绘出一幅幅几何图形，程序是由一位早已辞世的艺术家精心编写而成的。几何图形不断演化，终于形成了有机体的结构。这时，球体的中心又涌现出了更加复杂的图案，它们越变越大，最终消散，新的图案又取而代之。在一串精巧的画面中，单细胞生物沿着一架螺旋形的阶梯攀援，观众瞬间就认出那代表了DNA分子。它们每攀爬一步，就有新的物种加入进来，几分钟之后，画面就跨越了四十亿年的历史，包含了从变形虫到人类的全部生物。

接着，那位艺术家往前更进了一步，但卡尔多却看不明白了。荧光气体扭曲成了非常复杂而又抽象的形状，或许要多观赏几次，才能看出其中蕴含的图形。

然后，肥皂泡里那阵色彩绚丽的风暴戛然而止。“今天怎么没声音？”多琳问，“以前都有配乐的，可好听了，尤其是结尾的那段。”

“我就担心有人问到这个，”米蕾莎抱歉似的笑笑说，

“我们不知道是播放器出了故障，还是程序本身出了问题。”

“你们应该另外备了一套的吧！”

“哦，有，当然有。可多余的那套放在库玛尔的房间里，大概是压在那条独木舟下面了。他的那个窝呀，你看过了才会真正理解‘熵’的意义。”

“那不是‘独木舟’，是‘赛艇’！”库玛尔抗议着走了过来，他正巧才到，胳膊上还挽着个漂亮的本地姑娘，“还有，‘熵’是什么？”

有个傻乎乎的火星人想给库玛尔上一课，他把两种颜色的饮料倒进了同一个杯子，接着便开始解释“熵”的定义，但还没说几句，气体雕塑那儿就传来震耳欲聋的乐声，把他的声音给淹没了。

“瞧瞧！”库玛尔在喧嚣中大声嚷嚷，表情骄傲极了，“布兰特什么都能修好！”

真的吗？罗伦心想：我看未必吧……

17

层层下达

发件人：船长

收件人：全体船员

主题：日历

由于这个问题上已经产生了许多不必要的混乱，我希望能作以下几点说明：

1. 在航行结束前，船上的记录和时间表都将保持地球时间（修正相对论效应后）。船上的所有钟表和计时系统都将继续按地球时间运行。

2. 便捷起见，地面船员将在必要时使用萨拉萨星时间，但必须在所有记录中使用地球时间，并在括号中附上萨拉萨星时间。

3. 提醒各位几点：

萨拉萨星的平均太阳日长度是29.4325小时，一个恒星年相当于313.1561天，即11个月，每月28天。萨拉萨星的日历上只有11个月，多余的5天紧跟在最后一月的28日之后。闰月每六年出现一次，在我们逗留期间不会出现。

4. 萨拉萨星上一天的长度比地球长22%，一年中的总天数比地球少14%，也就是说，萨拉萨星的一年长度只比地球长了5%。各位明白，这就给我们带来了一个切实的便利：我们的年龄无须更改。在萨拉萨星和地球上，一个人的年岁基本保持不变；一个21岁的萨拉萨星人，其生活的时间相当于一个20岁的地球人。萨拉萨星的历史从登陆元年开始计算，距今718个萨拉萨星年，或者754个地球年。

5. 最后一点值得庆幸：萨拉萨星上只有一个时区。

瑟达尔·贝（船长）

地球时间　3864.05.26.20:30

萨拉萨星时间　718.00.02.15:00

“谁能想到，这么简单的东西里竟然有这么多门道！”米蕾莎扫视了新地球村告示牌上的这张布告之后，不由得大笑起来，“我想，著名的‘贝雷’就是指这个了吧。船长到底是怎样的一个人啊？我还没和他好好说过话呢。”

“他这个人可不好懂，”摩西·卡尔多答道，“我和他私下说话也就十来次。另外，整条船上，就他一个是所有人都得叫‘长官’的。不管什么场合，大家都这么叫他；除了马林纳副船长可能在私下里对他有别的称呼……这张布告嘛，其实还称不上‘贝雷’——它太专业了，一定是科学官瓦莱和秘书勒罗耶起草的。贝船长对工程原理十分精通，比我可精通多啦，但他主要还是个行政长官，必要的时候，他偶尔也会摆出总司令的样子来。”

“真是令人避之唯恐不及的职位。”

“总得有人来干嘛。常规的问题可以征询高级军官和计算机数据库，但有的事情需要有人拍板，并且用自己的权威施行，这就是为什么船上需要船长。飞船不能由一个委员会来管理，至少不能什么时候都靠委员会。”

"我们萨拉萨星就是靠委员会来管理的。你想想，法拉丁总统能担起船长的责任吗？"

"唔，这些桃子可真甜。"卡尔多又吃了一颗，圆滑地避开了这个问题，尽管他知道，这些桃子都是为罗伦准备的，"可是你们运气好啊，一连七百年都没有什么大的危机！你们这儿不是有人说嘛：'萨拉萨星没有历史，只有统计数字。'"

"才不是这样呢！克拉肯山不是爆发过吗？"

"你说的那是自然灾害，况且这也不是什么大灾难。我说的是……嗯……是政治危机、社会动乱之类的。"

"这个得感谢地球。是你们给了我们《杰斐逊·马克三号宪法》。它非常有效，曾有人把它称作'容量两兆的乌托邦'。这个程序已经三百年没有修改过了，到现在只添加了六条修正案。"

"愿你们保持下去！"卡尔多由衷地说道，"我可不想你们因为我们再添加个第七条。"

"如果真的要加，也会先输入档案库处理的。你什么时候再来啊？我还有好些东西要给你看呢。"

"我想看更多。你们肯定有许多能在萨根二上派上用场的东西，虽说那里和你们这儿截然不同。"（他暗自加了一句："比你们这儿差远了。"）

两人正说着话，罗伦一声不响地来到了会客区域，他显然是刚从运动室出来，正要去浴室洗澡。他只穿了一条短得不能再短的短裤，一条毛巾搭在光溜溜的肩膀上。米蕾莎看了不由得腿脚发软。

卡尔多跟他打了招呼："看来又得冠军了，不觉得枯燥吗？"

罗伦坏笑了一下。

"有两个萨拉萨星小青年还挺有希望的，有一个还从我这儿得了三分，当然了，是因为我用了左手。"

"罗伦不会还没告诉你吧？"卡尔多对米蕾莎说，"他曾是地球上的乒乓球冠军。"

"别太夸张了，摩西，我只得过第五名。再说最后那几年的运动水平实在低得不行，第三个千年的随便哪个中国选手都能让我一败涂地。"

"我说，你没想过要教布兰特吧？"卡尔多不怀好意地问，"那可是很有意思的哦。"

室内出现了一阵短暂的沉默，接着罗伦说了句："我可不想占他便宜。"这话有点自鸣得意，却也不失精准。

"正巧，布兰特也有东西想给你看。"米蕾莎说。

"哦？"

“你说你从来没上过船？”

“的确。”

“那么，布兰特和库玛尔想请你明早八点三十分到三号码头碰面。”

罗伦转头望着卡尔多。

“你觉得，我去安全吗？”他假装正经地问他，“我不会游泳啊。”

“没什么可担心的，”卡尔多作出了热心解答的样子，“他们要是真为你准备了单程旅行，那么会游泳也不管用。”

18

库玛尔

在库玛尔·里奥尼达十八年的人生里，丧气的事情只有一件：他的身高老是比期望的少了十公分。难怪人家给他取了“小狮子”的绰号，尽管没几个人敢当面这么叫他。

为了补偿高度的不足，他就在宽度和厚度上猛下工夫。米蕾莎曾经好几次喜怒交加地对他说：“库玛尔，如果你把健身的这点时间花在学习上，早就成为萨拉萨星上最伟大的天才了。”但还有些事她没对他说，对自己也不敢承认：看到他每天晨练的情景，她的胸膛里总会涌起姐姐不该有的情愫。另外，她对过来围观的仰慕者也会产生一丝嫉妒，而这就将库玛尔的大多数同龄人都囊括了进去。外间有传闻说，库玛尔和萨拉萨星上的所有女孩，外加半数男孩都上过床，这无疑是严重的夸大，但也并非无稽之谈。

库玛尔和姐姐在智力上差了一大截，但也绝非空有一身肌肉的白痴。他要是对什么东西感兴趣，就会不停钻研，直到精通为止，无论花费多少时间他都愿意。他是个出色的水手，过去的两年都在建造一条四米长的精美赛艇，主要都是自己动手，只是偶尔请布兰特帮帮忙。现在船壳已经完成，只是甲板还未动工。

他发过誓：总有一天要让赛艇下水，让笑话他的人都闭嘴。与此同时，“库玛尔的赛艇”也成了塔纳镇上的一句成语，专指任何尚未完成的工作——而这样的工作还真不少。

除了萨拉萨星人都有的拖拉毛病之外，库玛尔最大的缺点就是爱冒险，有时爱搞点危险的恶作剧。别人都觉得这个毛病早晚会给他惹来大麻烦。

可是，即使是他最不像话的恶作剧也不会让大家发火，因为他是完全没有恶意的。他对人开诚布公，甚至毫无心机，没人能想象他会说一句谎话。有了这样的个性自然容易得到原谅。他也的确经常得到别人的谅解。

地球访客的到来当然是库玛尔生活中最兴奋的事件。地球人的装备，他们带来的音频、视频和感觉记录，他们说的故事，这一切都让他觉得新鲜。再加上他见罗伦的次数比见别人都多，对罗伦产生依恋也就一点都不奇怪了。

罗伦却一点不喜欢这样子。如果有什么比不配合的伙伴更加讨厌，那一定就是个煞风景的黏人小弟了。

19

美女珊珊

“真不敢相信，你从来没上过船？”布兰特问道，“大船小船都没上过？”

“印象中在一个小池塘里划过小的橡皮艇，应该是我五岁那会儿的事吧。”

“那你肯定会喜欢的：这里没有浪，不会晕船。或许我们还能说服你跟我们一块儿潜水呢。”

“不，谢了，我还是一样样来吧，再说，我也明白别的男人干活时不该挡道。”

布兰特说对了：随着小小的三体帆船在喷水引擎的推动下默默驶向礁石，他的确喜欢上了这种感觉。然而，当他翻过船舷，望着安全的陆地渐行渐远，心里还是感到了一丝恐慌。

他经历了人类历史上最漫长的旅程，飞行了五十光年来到此地，现在却在为自己和陆地间的区区几百米担心。想明白了其中的荒诞之处，他这才镇定下来，没有出丑。

这是一个无法回避的挑战。他悠闲地坐在船尾，看着掌舵的布兰特（他肩上的白色伤疤是怎么来的？哦对了，他提过几年前的一次小快艇事故……），心里盘算着这个萨拉萨星人葫芦里卖的什么药。

他不相信任何人类社会能免于妒忌和性爱上的独占欲，即便是最开明、最随和的社会也不例外。但这不代表他有什么可以让布兰特妒忌的，至少现在还没有。

罗伦怀疑自己和米蕾莎说过的话总共还不到一百个字，而且大多数都是她丈夫在场时说的。更正一下：在萨拉萨星，“丈夫”和“妻子”的称呼要到第一个孩子出生后才能使用。如果生的是个儿子，母亲通常就会随夫姓（但也有例外）；如果第一胎是女儿，那么夫妇俩都用女方的姓。至少在第二个，也是最后一个孩子出生之前都是如此。

让萨拉萨星人震惊的事实在不多。暴行，尤其是对孩子的暴行，算是其中之一。而另一件，就是在这片幅员仅两万平方公里的土地上生下第三胎。

这里的婴儿死亡率极低，所以只要生一个以上的孩子，就能维持人口的稳定。几年前发生过一起在萨拉萨星历史上独一无二的著名事件：不知是福还是祸，有个家庭先后两次生下了五胞胎。尽管那位母亲无可指摘，但是后人说起她时，还是会像说起卢克雷齐娅·博尔贾、麦瑟琳娜或者福斯蒂娜那样津津有味。

罗伦心想，这局棋我可得下得小心再小心。米蕾莎喜欢他，这他已经知道了，从她的表情和语气里都能看得出来。肢体上的证据就更有力了：手掌的无意接触，超出必要时间的轻柔碰撞，这些都很能说明问题。

两人都知道，这关系迟早是要挑明的。罗伦确信布兰特也清楚这一点。到现在为止，两个男人的关系虽然紧张，相互间的气氛倒还算友好。

这时，推进器的突突声消失了，小船漂着漂着停了下来，附近有枚巨大的玻璃浮标，正在海水中轻柔地上下浮动。

“这就是我们的供电系统，”布兰特说，“我们只需要几百瓦电力，用太阳能电池就能凑合。这也是淡水海洋的优势之一，在地球上就行不通了。你们的海洋盐度太高，肯定会几千瓦几千瓦地侵吞电力。”

“罗伦叔叔，你改主意了吗？”库玛尔咧着嘴笑问。

罗伦摇了摇头。刚听到别人喊他“叔叔”时他还觉得吃惊，但现在，他已经习惯了这个萨拉萨星年轻人对长者的通用称呼。一下子有了几十个侄子侄女，其实还是挺愉快的。

“谢谢，我不下水了，还是透过水下舷窗望风吧，万一你们被鲨鱼吃掉就糟了。”

“鲨鱼！”库玛尔露出向往的表情，“好神奇的动物！真希望我们这儿也来两条，那样潜起水来就刺激了！”

罗伦带着一名技术员的兴趣，看着布兰特和库玛尔调整自己的装备。和太空中所需的装备相比，潜水装备要简单得多，氧气瓶就只有小小的一罐，一只手就能轻易提起。

“这么小的氧气瓶，看起来只能支撑几分钟呢。”他说。

布兰特和库玛尔望着他，露出责备的表情。

“什么氧气！”布兰特语带轻蔑，“氧气在二十米以下可是致命的毒素。这瓶子里装的是空气，而且是应急用的，只够用十五分钟。”

他指了指库玛尔正在往身上背的背包，上面有个鱼鳍般的装置。

“海水里溶解有足够的氧气，只要提取出来就行了。但是提取需要电力，所以下去时得带上电池，以便驱动水泵和过滤器。有了这套装置，我想在底下待上一个星期都没问题。”

说着，他敲打了两下左腕上那个发着绿光的电脑屏幕。

“这东西能显示我需要的所有信息：下潜深度、电池状态、上浮时间、减压点。”

罗伦又大着胆子问了个蠢问题。

“为什么你戴着面罩，而库玛尔没有？”

“我戴着呢，”库玛尔又咧嘴笑了，“仔细看。”

“哦……看见了，好精致。”

“但是触感很讨厌，”布兰特说，“除非你像库玛尔一样整天待在水里。这种接触式的我也试过，弄得我眼睛疼。所以我还是喜欢旧式面罩，没那么多麻烦事——准备好了吗？”

“好了，船长。”

两人从左右舷同时翻滚下水，动作非常整齐，小船都没怎么摇晃。透过船底那块厚厚的玻璃，罗伦看着两人毫不费力地朝礁石游去。他知道目标有二十多米深，但看起来比那浅多了。

工具和网线已经预先投放好了，两位潜水员一就位就立刻修起了破损的渔网。他们偶尔交换几个神秘的单音节词语，但多数时候都在一声不吭地干活。他们对自己和搭档的工作了如指掌，无须多费口舌。

罗伦感到时间过得飞快。他觉得自己正在目睹一个新世界。这也的确是个新世界。他曾经观看过大量在地球的海洋中拍摄的录像资料，可是现在游弋于脚下的生物几乎全都是陌生的：打着转的圆盘、搏动的水母、起伏的毯子和曲折向前的螺线，它们大多数形状怪异，无论怎么放宽标准，都不能冠上“鱼”的称号。只有一次，他用眼角的余光捕捉到了一条电鳐快速掠过，他几乎肯定自己没有认错。如果确实是电鳐，那也一定是从地球流放到此地的。

就在他觉得布兰特和库玛尔已经把他彻底忘了时，水下通信器里突然传来了人声，把他吓了一跳。

“准备上浮，二十分钟后与你会合。一切正常吧？”

“一切都好，”罗伦回答，“刚才是有条地球的鱼游过吧？”

“我没注意。”

“罗伦叔叔说得没错，布兰特，五分钟前来了一条二十公斤的变种鳟鱼，又被你的电焊枪吓跑了。”

两人已经离开海床，正沿着弧度优美的锚线缓缓上浮。到了水面下大约五米的地方，他们停下了。

“这是潜水中最无聊的时刻，”布兰特说，“我们得在这儿等上十五分钟。麻烦放一下第二频道，谢谢。别放这么大声。”

减压时的音乐大概是库玛尔挑选的，节奏十分强劲，和静谧的水下气氛根本对不上号。罗伦由衷感到欣慰：幸好他不像水下的两位那样被乐声包围。两位潜水者刚开始继续上浮，他就乐呵呵地把音乐关了。

“今天早上干得不错，”布兰特爬上甲板后说了一句，“电压和电流都正常，现在可以返航了。”

罗伦笨手笨脚地帮着两人脱下装备，两人感谢地接受了。他们都又累又冷，但在喝下几杯又甜又热的饮料之后，就很快恢复了。萨拉萨星人管这东西叫“茶”，尽管它和地球上的同名饮料没有丝毫共性。

库玛尔打开引擎，发动了船只。布兰特在船底部的那堆装备中翻了一阵，找出了一个彩色的小盒子。

他从里面掏出一片轻度麻醉药递给罗伦，罗伦拒绝了：“不，谢了，我可不想在这儿染上什么轻易甩不掉的瘾。”

话一说出口他就懊悔了。这一定是潜意识里的什么冲动在作怪，也可能是他的内疚在起作用。但布兰特只是躺在甲板上，交叉双手枕着脑袋，凝视着万里无云的天空，显然没有听出什么言下之意来。

罗伦慌忙转移话题：“只要知道往哪儿看，在白天也能看见麦哲伦号。我自己倒是从来没试过。”

库玛尔在一旁插话："米蕾莎试过，她经常看，还教我怎么看。只要给天文网打个电话，问问麦哲伦号通过的时间，然后到外面躺着就行了。它跟一颗亮星似的，就在我们头顶，看上去一动不动，可你要是稍微往别的地方看一眼，就找不到它了。"

突然，库玛尔毫无征兆地关小了引擎，他先以低速行驶了几分钟，然后让船彻底停下。罗伦东张西望地确定方位，接着便吃惊地发现小船已经离塔纳镇一公里有余。他们身边的海水中浮着另一枚浮标，上面刷了个大大的字母P，还插着一面红旗。

"怎么停下了？"罗伦问。

库玛尔咯咯一笑，抬起一只小桶往海里就倒。幸好这小桶刚才一直封着口：里面装的东西看着像血，还散发出比血更重的腥味。罗伦在甲板上的狭小空间里不住后退，躲到了离桶最远的位置。

"拜访老朋友而已，"布兰特轻声说道，"坐稳，别出声，这姑娘挺容易紧张的。"

姑娘？罗伦心里纳闷。搞什么呢？

至少过了五分钟，什么都没发生。罗伦没想到库玛尔能保持那么久不动。接着他就看见了：海面下不远处出现了一条弯曲的黑色带子，距船身仅几米之遥。他的视线跟着那东西移动，眼看着它形成了一个圆环，把他们围在了中间。

与此同时，他还意识到了一件事：布兰特和库玛尔不在看那东西，而是在看他。这么说，他们是要给他一个惊喜喽，那就看看是什么惊喜吧……

尽管罗伦作好了思想准备，他还是拼尽全力才没有发出恐惧的呼喊。海面下升起了一堵粉红色——不，是腐肉色的肉墙。那东西滴滴答答地淌着水，升到了大约齐腰高的位置，在三人周围形成了一道牢不可破的屏障。最可怕的是，肉墙的上表面爬满了密密麻麻的蛇，有的鲜红，有的深蓝，全都一刻不停地蠕动着。

就在这时，一张长着触须的大嘴从深海中浮了上来，眼看就要将他们吞没……

但这肯定没什么危险：他能从两位同伴的表情里看出这一点来。

“我的上……克拉肯呀！这是什么东西啊？”他低声惊呼，竭力让自己的声音保持平稳。

“你的反应不错嘛，”布兰特敬佩地说，“有人就直接钻船底下了。这是珊珊，美女珊珊，珊瑚虫的珊。她是本地的无脊椎动物，有几十亿个相互协作的特化细胞。地球上也有类似的动物，但我想没这么大。”

“当然没这么大！”罗伦激动地嚷嚷，“还有，你们能不能告诉我，我们该怎么脱身？”

布兰特朝库玛尔点了点头，后者一下子把引擎开到最大，周围的活动肉墙蓦地沉入了水底，海面上只剩下一圈油腻的涟漪——别看这姑娘身躯庞大，速度却快得惊人。

“她是被引擎的振动吓跑的，”布兰特解释说，“看看船底的观测窗吧，现在能看清楚她的全貌了。”

小船下方，一具直径十米、类似树干的躯体正向海床退去。罗伦这下看清楚了：那些在肉墙表面扭动的“小蛇”都是些小触手，一旦回到熟悉的环境里，就失去了重量，它们一路搜寻着可以吞噬的活物——或者人。

“好家伙！”罗伦长出了一口气，紧绷了几分钟的身体也松弛了下来。这时，一股自豪乃至愉悦的感觉在他全身弥漫开来。他知道自己又通过了一关测试，赢得了布兰特和库玛尔的认可，他带着感激之情接受了两人的赞许。

“那东西……危险吗？”他问。

“当然危险啦，所以才要放那个警示浮标嘛。”

“说老实话，我认为杀了它会比较好。”

“为什么？！”布兰特大吃一惊，“它有什么害处？”

“呃……这么大的动物，一定要捕食大量的鱼类吧。”

“那倒没错，不过它抓的都是萨拉萨星鱼，都是我们本来就吃不了的。告诉你一件好玩的事：我们从前一直不知道它是用什么办法让鱼类游进自己嘴里的——它能把笨的鱼都骗进来。后来我们发现，它是分泌出了一种化学诱饵，我们就是这么想到了电网捕鱼。啊对了……”

说到这里，布兰特伸手掏出了通信器。

“塔纳三号呼叫塔纳自动答录系统。我是布兰特，我们已经修复渔网，所有设备运转正常。不必回复。完毕。”

出乎三人意料的是，对方立即作出了应答，那是一个熟悉的声音。

“布兰特，罗伦森博士，你们好。很高兴听到喜讯。我这儿还有几条有趣的消息，你们想听吗？”

“当然想，镇长，”布兰特答话时，另外两名船员乐呵呵地对望了几眼，“请讲。”

“中央档案库搜索到了一些意外的结果。我们现在遇到的事件，以前也发生过。两百五十年前，有人试过用电沉淀的方法在北岛的外海制造一块礁石，因为这项技术在地球上运用得很好。但是才过了几个星期，海底的缆线就断了，有几段还被偷走了。这件事后来没人追踪，因为实验彻底失败了，海水里的矿物质不够，礁石造不出来。这事你不能怪保育派，那会儿还没他们呢。”

布兰特的表情惊讶到了极点，罗伦看了不由得哈哈大笑。

“你们还打算让我意外呢！好吧，你们的确证明了海里有我想象不到的东西。不过看样子，那里头也有你们想象不到的东西！”

20

牧歌

罗伦的话一出口，周围的塔纳人就乐了，还纷纷装出了“我不相信”的表情。

“先是说你没坐过船，现在又说你不会骑自行车！”

“你真该脸红！”米蕾莎一边讥笑，一边眨了眨眼，“这可是人类发明的最高效的交通工具，你居然从来没试过！”

“在飞船里用不上，在城市里又太危险了嘛！”罗伦反驳，“好了，要学些什么？”

他立刻发现，要学的还真不少。自行车不像看上去那么好骑。尽管真要从这架重心低、轮子小的机器上摔下来绝非易事（他有几次差点做到了），但要学会驾驭它却也不简单，他试了几次就心灰意冷。要不是米蕾莎向他保证这是探索岛屿的最佳方法，他还真的坚持不下去——探索岛屿之外，他还想探索探索米蕾莎。

他又跌跌撞撞地骑了几圈，慢慢悟出了窍门：不必刻意保持平衡，一切交给身体的反应。这非常合乎情理：如果人在步行中时刻考虑该怎么走，那么立刻就不会走路了。罗伦明白这个道理，但还是花了些时间才学会信任自己的本能。一旦跨过这个槛，他就进步飞快了。最后，米蕾莎终于如他所愿地提出，要带他去看看岛上偏远的小路。

虽然才离开镇子不过五公里，但他感觉世界上仿佛只剩下了他们两个人。他们骑过的距离肯定超过五公里，狭窄的自行车道故意设计得七弯八绕，以便穿过最长但也是风景最佳的路线。利用通信器上的定位装置，罗伦能轻易找到自己的所在，可是他根本懒得定位，迷路有迷路的乐趣。

米蕾莎却宁可他把通信器留在营地里。

她刚才就指着他左臂上那条布满控件的绑带，问他干吗非要带着这东西。“偶尔远离人群也不错吧？”

“同意，但飞船的规章是很严格的。要是贝船长紧急呼叫的时候没有应答……”

“他会怎么样？把你关进牢里？”

“我倒是宁愿蹲大牢也不愿听他说教。反正我已经调到睡眠模式了，如果舰载通信系统还是呼叫成功，那就一定是紧急事态，那样就必须应答了。”

罗伦像过去一千多年的地球人一样，衣服可以不穿，通信器却不能不带。地球的历史上充满了这样的恐怖故事：在某处发现了一具尸体，几米之外就是安全地带，只因为没按到通信工具上的报警按钮，最终还是死了。

这条车道显然不是为繁重的交通所建，它的宽度还不到一米。刚开始，罗伦感觉是在一条绷紧的绳索上骑车，得盯着米蕾莎的后背才不会掉下来（这个任务着实不坏）。但骑上几公里之后，他渐渐对自己有了信心，两眼也有空欣赏别的风景了。如果这时有人迎面骑车而来，那么双方都得下车推行。一想到以五十多公里的时速与人相撞，罗伦就不敢再想下去——扛着撞烂的自行车回家，可得走很长一段路……

沿途的大部分时间，两人都一声不吭地骑车，只有在米蕾莎指出罕见的树木或绝美的风景时才交谈几句。这种静默是罗伦有生以来从未体验过的。在地球上时，他总是被包围在各种声音当中，飞船上的生活更是各种机械噪声的交响曲，这些声音通常叫人放心，可一旦警报响起就让人心跳骤停。

而在这里，树木却在周围拉起了一块无形无声的幕布，无论他们说什么，周围都是一片静默。刚开始，这种新奇的感觉让罗伦十分受用，但渐渐地，他开始渴望能有什么东西来填满耳边的真空。他甚至想过从通信器里放点背景音乐出来，但米蕾莎肯定不会同意。

可是骑了一阵，他就惊喜地听见了音乐的节拍，那是萨拉萨星上的舞曲，他现在已经听得耳熟了。脚下的车道一路蜿蜒，很少有两三百米长的直道，两人转过一个急弯方才发现声源：那是一头哼唱着音乐的机械怪兽，它占满了整个路面，正以步行的速度朝他们缓缓移动，看起来就像是一条机械毛毛虫。两人下了车，看着它慢条斯理地通过，罗伦认出那是一台自动路面修复机。他发现机身上打着几个粗糙的补丁，甚至还有几处凹陷，心里不由得觉得纳闷：南岛的劳工部为什么不好好修理修理这东西呢？

他问米蕾莎：“干吗要放音乐？看这机器人的样子应该不喜欢音乐的。”

这个笑话刚说出口，机器人就对他提出了严正警告：“请不要踏上我身边一百米之内的路面，它还没有板结。请不要踏上我身边一百米之内的路面，它还没有板结。谢谢您的配合。”

米蕾莎望着罗伦惊讶的表情，大笑起来。

“是啊，它的智能当然不高。音乐声是对过往行人和车辆的提醒。”

“装个喇叭不是更有效吗？”

“有效是有效，可是……就不亲切了呀！”

他们把自行车推到路边，等候这一串由铰链连接的铁罐和控制元件组成的铺路装置慢慢通过。罗伦忍不住摸了摸刚刚轧平的路面，它暖暖的，看着有点湿润，但实际上非常干燥。罗伦稍稍用力，路面便微微出现了凹陷，但是不出几秒钟，它就变得如同岩石般坚固了。罗伦看着路面上淡淡的指印，心中暗笑：我也在萨拉萨星上留下印记了——至少能留到铺路机再度造访之前。

两人上车继续骑行，前方是一片丘陵地带，路面渐渐上升。罗伦感觉大腿和小腿肚上那些不常用的肌肉开始酸痛起来，心想这车要能加点辅助动力就好了。可是米蕾莎对电动马达不屑一顾，觉得那是软弱的标志。她的速度一点都没放慢，罗伦别无选择，只能大口呼吸，紧随其后。

前方隐约传来呼啸声，那是什么？当然不会是有人在南岛的腹地试验火箭引擎！车轮继续向前，呼啸声也越变越大。罗伦刚想明白几秒钟，声源就出现在了眼前。

以地球的标准看，这条瀑布并不怎么壮观：它高约百米，宽约二十米，底部是一片翻腾的泡沫。空中横跨着一座金属桥梁，在水珠的泼溅下闪闪发亮。

米蕾莎总算下了车，一脸坏笑地看着罗伦。罗伦松了口气。

她对着前方的景致挥了挥手："你注意到什么……奇特的地方了吗？"

"怎么个奇特？"罗伦想让她给点提示。放眼望去，只见连绵的树木和植被，蜿蜒的道路通向瀑布的另一侧。

"看树，看树啊！"

"树怎么了？我又不是……又不是植物学家。"

"我也不是，但这一眼就能看出来，再仔细看看？"

他又看了看，还是困惑。但下一个瞬间，他就突然明白了。因为树木是自然工程的产物，而他又是一位工程师。

瀑布两侧的树木出自两位设计师的手笔。尽管他叫不出自己这一侧的树木的名称，但它们看起来都有点眼熟，肯定是来自地球的品种……对了，那边那棵肯定是橡树——很久以前，他曾经在某地看见过那低矮枝条上绽放的美丽黄花。

但过了桥就是另一个世界了。那一侧的树（还能算树吗？）形状粗糙，一副还未长成的模样。它们有的长着粗短的木桶形树干，上面伸出几根长满尖刺的枝条，有的宛如巨大的蕨类植物，另一些则好像瘦骨嶙峋的巨大手指，指节处长着一圈圈硬毛。整个丛林没有开出一朵花……

“这下我明白了，那些都是萨拉萨星的本土植被。”

“没错，它们几百万年前刚从海里爬上来。我们管这地方叫‘大裂谷’，但实际上，它更像是两支军队交锋的战场，没人知道哪一边能赢。不过有我们插手，就谁都赢不了！地球上的植被比较先进，但本土植物更适应化学环境。这里不时会发生一方入侵另一方的事件，每次我们都会干预，在入侵者站稳脚跟前把它们铲倒。”

两人推着自行车走过修长的桥梁，罗伦一路上都在感叹这奇异的景色。自从在萨拉萨星上着陆，这还是他第一次感到自己正在一颗地外行星上。

当年，就是这些长相别扭的树木和原始蕨类形成了煤层，推动了工业革命，正好及时地挽救了人类。看着眼前的景象，他不由得想象一头恐龙从植物丛中一跃而出，但他随即意识到，这些植物在地球上茂密生长时，那些可怕的蜥蜴还有一千万年的光景才会出现……

两人重新跨上车座，罗伦突然痛呼了一声：“克拉肯！该死的！”

“你怎么了？”

罗伦跌倒在地，仿佛是上天的眷顾，他的脚下正好是一块丝线状的地衣。

“我抽筋了。”他咬紧牙关，低声咕哝，双手捂着小腿肚上痉挛的肌肉。

米蕾莎用关切而不失自信的口吻说：“让我来。”

在她那粗疏却舒适的按摩之下，抽搐渐渐消失。

又过了一阵，罗伦开口说话：“谢谢，这下好多了。请别停。”

“你觉得，我会停吗？”米蕾莎悄声说。

不一会儿，两个世界就合为了一体。

第四部

克拉肯山

21

科学院

萨拉萨星科学院的成员人数是二进制整数100000000，对那些喜欢掰着指头计数的人来说，也就是256。麦哲伦号的科学官安妮·瓦莱对这个控制人数的举措相当推崇，因为它维持住了高标准。科学院对自己的职责也非常看重。但总统对她坦言，目前的院士人数实际只有241人，因为根本找不到那么多合适的人选填补空缺。

在这241人中，有105人亲自来到了科学院的报告厅，116人经由通信器登录。这个出席率破了历史纪录，安妮·瓦莱博士觉得万分荣幸，但她也忍不住对未能出席的那20人感到了一丝好奇。

还有一点让她感到不大自在：主持人在介绍中称赞她是地球上的天文学权威。唉，在麦哲伦号驶离地球时，这倒是千真万确的。因为时势和机遇的关系，这位史克劳夫斯基月球观测站的前主任（现在连观测站都得加上“前”字了）得到了幸存的机会。她心里明白，如果用阿克莱、钱德拉赛卡、赫歇尔这些大师作为标准衡量，她顶多算是称职；如果用伽利略、哥白尼或托勒密作为标准，那么她连称职都算不上。

“我们开始吧，”她对听众说道，“各位肯定已经看过了萨根二的地图，这是我们用航拍和无线电全息技术合成的最清晰的图片。当然了，它在细节方面还很糟糕，分辨率最多只有十公里，但已经足够我们掌握基本事实了。

“它的直径是一万五千公里，比地球稍微大点儿，大气十分稠密，几乎完全由氮气组成，没有一点氧气，这一点非常幸运。”

“非常幸运”这几个字每次都能引起关注。观众一下子都坐直了。

“我理解各位的惊讶，毕竟大多数人对人在上面能直接呼吸的行星有所偏爱。然而在大移民之前的几十年里，许多事情改变了我们对宇宙的认识。

“人类在太阳系的其他行星上没有发现任何生物或是生物

的遗迹，长达十六个世纪的SETI[1]项目也以失败告终。几乎所有人都相信了一点：生命在宇宙中非常稀少，也非常宝贵。

“因此，一切生命形式都该得到尊敬、受到保护。甚至有人宣称，连有害的病原体和病媒都不该被消灭，而应该在严格的安全措施下加以保存。在最后那些日子里，‘尊重生命’成了一句流行的口号，而且多数人都不把它局限在人类身上。

“不干预其他生物的原则得到了认可，也在实践上产生了影响。人类在很早之前就取得共识，不在有智慧生物的行星上建立据点。在这方面，人类过去曾在自己的行星上写下过糟糕的纪录。不过不知道是幸运还是不幸，有智慧生物的行星一直没有出现。

“后来，又有人把这个问题引申开去：假设发现了一颗刚刚出现动物的行星，那我们也该袖手旁观吗？也该等着演化自然发生，等着智慧生物在百万年后自动产生吗？

“再退一步：如果那颗行星上只有植物，那又该如何呢？如果只有单细胞微生物呢？

“各位或许觉得奇怪：连人类自身的生存都岌岌可危了，居然还有人辩论这些抽象的道德和哲学问题。但是死亡会迫使

① SETI，全称Search for Extraterrestrial Intelligence，即20世纪中叶开始的“寻找地外智能”项目。

人思考终极问题：我们为什么活着？我们又该做些什么？

“有一个说法开始流行起来，各位肯定也听说过，那就是所谓的‘元法则’。我们是否能提出这样的法律和道德准则：它不仅对两足行走、呼吸空气、暂时主宰地球的哺乳动物适用，也对一切智慧生物适用？

“我们的卡尔多博士恰好就是这场辩论的发起人之一，他也因此受到了一些人的反对。那些人认为智人是唯一已知的智能物种，因此智人的生存高于一切。当时还有一句有力的口号：‘如果要在人类和粘菌之间选择，我选人类！’

“还好，这样的正面冲突从来就没发生过，至少现在还没有听说。或许得再过几百年，我们才能收到所有播种飞船发回的报告。如果其中有不吭声的，那就说明胜利的是粘菌……

“3505年召开了最后一届全球议会，与会代表通过了未来行星殖民的纲领，也就是著名的《日内瓦章程》。很多人觉得这些章程太理想化，根本没法实施，但它的意图是好的，它是人类在对一个或许不能领会善意的宇宙，发出最后的善意。

“我们现在来看看章程中的一条纲领。它是最著名的，引起过激烈的辩论。就是因为它，一些最有希望的目标才被排除在了殖民计划之外。

“只要一颗行星的大气中有几个百分点的氧气，那就说明上面一定存在生命，因为氧气会在化学反应中快速消耗，除非是有植物——或者其他类似的生物——不断补充。当然了，有氧气的地方不一定就有动物，但氧气至少为动物的生存铺平了道路。另外一点，虽说动物很少演化出智能，但从理论上说，别的生物更不可能演化出智能。

“因此根据‘元法则’，凡是大气中含有氧气的行星都不能殖民。不过说句老实话，要不是量子引擎确保了航程和动力的无限，我很怀疑人类是否会作出这么极端的决定。

“下面再介绍一下我们抵达萨根二之后的行动计划。如地图所示：萨根二表面的百分之五十以上都覆盖着冰层，厚度估计有三公里，那里面藏着我们需要的所有氧气。

“在确定最终轨道之后，麦哲伦号会启动量子引擎的一小部分马力，当作火把使用。引擎会融化冰层，并将融化产生的水蒸气分解成氧和氢，其中的氢会迅速逃逸进太空。必要的话，我们还会使用调谐激光。

“只要十年时间，萨根二大气中的氧气浓度就会达到百分之十，但其中也会充满大量二氧化氮等有毒气体，暂时还无法呼吸。为了加速改造，我们将投放特别培养的细菌，乃至植物。但就算在那之后，行星的温度也还是太低，即便算上我们注入的热量，除了赤道附近在中午的几个小时之外，行星各处的气温基本还会低于冰点。

“到那时，我们会再次使用量子引擎，这大概也是最后一次使用了。然后，在太空中航行了一辈子的麦哲伦号，就终于能在一颗行星的表面上着陆了。

“着陆后，在每天适当的时候，量子引擎会在飞船和飞船下方的岩层所能承受的范围内全力开动，连续喷射十五分钟。我们首先会进行一轮测试，以确定这个行动的持续时间。如果初始着陆点的地质结构不够稳定，我们还可能再度开动飞船。

“据初步估计，引擎要喷射三十年，才能让行星的公转速度慢下来，它将朝恒星的方向跌落一定距离，然后就能获得更加宜人的气候。此后量子引擎还将喷射二十五年时间，将行星的轨道修正为正圆形。在这二十五年中的大部分时间里，萨根二都会是相当宜居的。尽管在轨道最终确定之前，那里的冬天还是会十分寒冷。

“等到修正完毕，一颗崭新的行星就诞生了，它比地球大，表面的百分之四十是海洋，平均气温二十五摄氏度，大气中的氧气含量是地球的百分之七十五，并且不断上升。到了这时，我们就能唤醒飞船上的九十万名休眠者，并把一个崭新的世界交到他们手里。

“如果没有发生什么意料之外的变故，或是有意料之外的发现，那么麦哲伦号的前景就是这样的；可是万一发生了最坏的情况……”

瓦莱博士犹豫片刻，但随即又露出坚强的微笑。

“嗨，无论发生什么，各位都不会再见到我们了！就算萨根二没法居住，我们也还有下一个目标，那个目标距离萨根二三十光年，说不定还更好呢。

“也许我们最终会在两颗行星上全都殖民，但这要留待未来决定了。”

观众席沉默了片刻，然后才响起了讨论声。大多数院士都被演讲震住了，但他们鼓掌时绝对发自真心。总统见惯了大场面，在这时候总是会提前准备几个问题，他第一个起身发言。

“瓦莱博士，我有个小问题：萨根是什么人或者什么东西的名字吗？”

“那是个人名，他是位科普作家，生活在第三个千年初。”

接着，就像总统预料的那样，问题纷至沓来。

“博士，您说过萨根二至少有一颗卫星，那么在行星的轨道改变后，会对卫星产生什么影响？”

“除了极轻微的扰动之外，不会有影响，它会继续围绕主星转动。”

“可是，如果那个章程……哪年的来着，3500年？”

“是3505年。”

“如果那章程早批准几百年，就没有我们了吧？毕竟萨拉萨星也属于不能殖民的行星啊！”

“问得好，我们也经常辩论这个问题。2751年的那次播种任务——也就是你们的母船在南岛上完成的那次——无疑是违反章程的。幸好当时不存在这个问题，因为你们这儿没有陆地动物，所以殖民不算违反不干预原则。”

“但是这样做也太冒险了吧？”说话的是一位年轻的女院士，一旁的长辈们饶有兴味地看着她，“就算‘有氧气就代表有生命’这个命题成立，可是你们又怎么知道相反的命题就是错的呢？就算在没有氧气，甚至没有大气层的行星上，也可能存在着各种生命，甚至可能有智能生物。许多哲学家都提出过这样的假设：如果我们的祖先是智能机器，他们就肯定会选择一个不容易生锈的环境。你们知道萨根二的历史有多长吗？它可能已经过了好氧生物的阶段了，上面可能会有一个机器文明等着你们呢。”

听众中的反对者嚷嚷了几句，还有人嘀咕：“科幻小说都来了！”语气中带着厌恶。瓦莱博士等待骚动渐渐平息，然后简短地答道：“这个问题我们也没少操心。要是真的遇上了机器文明，那么不干预原则也就没有多大意义了。我更担心的是他们怎么对我们，而不是我们怎么对他们！”

这时，一个很老的老人在大厅后面缓缓起立，那是瓦莱在萨拉萨星上见过的最老的人了。大会主席匆匆写了张便条递给瓦莱，上面写着“德雷克·温斯莱德教授-115-GOM-科学-历史”。瓦莱看着“GOM”想了几秒，突然灵机一动，明白了那是“元老”（Grand Old Man）的意思。

她心想这不奇怪，萨拉萨星科学院的院长很可能就是个历史学家。毕竟在七百年的历史中，萨拉萨星三岛只产生过少数几个有创见的思想家。

不过这也没有什么可批评的。萨拉萨星人不得不从零开始建设文明。他们没有机会，也没有动力去研究那些不能立即投入应用的东西。此外，萨拉萨星还有个更严重也更隐蔽的问题，那就是它的人口。无论在历史上的任何时刻或科研的任何领域里，萨拉萨星的研究人员都没有达到过“关键人数”，因此无法在基础研究中形成质变，开拓出新的知识领域。

这个规律只有两个例外：数学和音乐。在这两个领域，孤独的天才会从任何地方冒出来，在思想的海洋中独自扬帆，比如拉马努金，比如莫扎特。萨拉萨星历史上的著名例子是弗朗西斯·佐尔坦（萨拉萨星历214—242年），他的名字在五百年后的今天仍然受到尊重。但即便对他那不容置疑的才能，瓦莱的判断也是有所保留的。在她看来，佐尔坦在无穷超限数领域的创见还没有人能够真正领会，更不要说有所发展了，而这两点恰恰是对天才性突破的可靠检验。直到今天，他那个著名的“最后假说”还是无法证明，也无法证伪。

瓦莱暗自揣测：是佐尔坦的不幸早逝夸大了他的声誉，萨拉萨星人对他的纪念中充满了一厢情愿的希望。但她从未对自己的萨拉萨星朋友说起过这个想法。当年佐尔坦从北岛出发，游向大海，就此失踪，这个故事激发了许多浪漫的传说和推测：有人说他对爱情失望，有人说他遭对手嫉妒，有人说他在重要的证明上失败，也有人说他对无穷超限本身感到恐惧。这些说法统统没有丝毫事实依据，但它们却在人民的心中塑造起了一个崇高的形象，一个夭折于事业巅峰期、前无古人的天才。

对了，那位老教授问的是什么来着？哎呀，上帝啊！每次都有人在问答阶段问出和主题完全无关的话，或是趁此机会推销自己中意的理论，不过久而久之，瓦莱已经能得心应手地对付这类打岔的人了，还常能让他们闹闹笑话。不过今天的情况不同，对方是个元老，周围的同事都尊敬他，这里是他的地盘，她得客气点。

“温……温斯德莱教授（主持人赶忙小声提醒是‘温斯莱德’，但她觉得纠正反而更糟，不如将错就错），您的问题非常好，但它实在应该专门开个讲座另行讨论，或许得开个系列讲座才行，但就算那样也只能触及皮毛。

“关于您提出的第一点，我们已经好几次听到了这样的批评，但事实并非如此，我们没有想过要对量子引擎技术保密，这项技术的全部理论都储存在麦哲伦号的数据库里，属于正在移交给贵星球的材料。

“但我也不想激起什么虚假的希望，说老实话，目前在麦哲伦号上活动的船员中，还没有人真正理解引擎的工作原理。我们只会使用，仅此而已。

“在休眠的船员中倒是有三位精通引擎的科学家，但是如果在抵达萨根二之前就让他们苏醒，我们就会遇上大麻烦。

“有人挖空心思地想把超空间的地理动力结构转化成图形，他们不明白，为什么宇宙一开始就有11维？为什么不是个更加整齐的数字，比如10或12？我当年上基础推进理论课的时候，我的导师是这么对我说的：‘你要是能理解量子引擎，你就不会坐在这里了，你会去拉格朗日一号上的高等研究所。’我当时正一个劲地思考10的负33次方厘米到底是什么意思，以至于睡觉都做噩梦，后来导师跟我打了一个有用的比方，我这才重新睡踏实。

“他对我说：‘麦哲伦号的船员只需要知道引擎能干什

么。他们就像是主管配电网的工程师，只要知道如何分配电力就行，没必要懂得电力是怎么产生的。产生电力的可能是一台简单的装置，比如石油驱动的发电机、太阳能电池板、水轮机什么的，但这些都和配电工程师无关。当然了，发电原理他们还是懂的，但这并不是顺利完成工作的必要条件。但是电力也可能来自一套更加复杂的系统，比如裂变反应堆、热核聚变装置、轻子催化器、彭罗斯节点、霍金–施瓦茨切德内核。你听明白了吗？整个系统当中，总有工程师理解不了的东西，不过他们只要能在需要的时间和地点切换电力，就仍旧是称职的工程师。’

“同样的道理，就算不懂引擎原理，我们也照样能把麦哲伦号从地球开到萨拉萨星，希望还能开到萨根二。但是总有一天，或许是在几个世纪之后，我们会在智力上赶上发明量子引擎的那位天才。

“谁知道呢？或许你们还会抢先一步呢，萨拉萨星上或许会诞生未来的弗朗西斯·佐尔坦，到那时就轮到你们来拜访我们了。”

她并不相信真会如此，但这个尾结得不错，话音落下，会场里掌声雷动。

22

克拉肯山

“实施倒是没问题，”贝船长若有所思地说，“计划都完成得差不多了，压缩机振动的问题看来已经解决，站点的准备工作提前完成，人手和设备肯定能够腾出来——可是，这样真的好吗？”他从椭圆形办公桌上抬起头，看着站立在面前的五位高级军官。这里是新地球村的船员会议室。听了船长的话，大家都齐刷刷地朝卡尔多望去；卡尔多摊开双手，露出无可奈何的表情。

“看来这不是个纯粹技术问题，把重要的都告诉我吧。”

“情况是这样的。”副船长马林纳开口说。室内的灯光变得暗淡，一幅三岛的立体图像显现出来，它飘浮在办公桌上方几毫米的空中，仿佛是一座造型优美、栩栩如生的模型。然而这不是模型，只要把图像放大足够倍数，就能清楚地看到岛上的萨拉萨星人正在干着各自的事情。

“我认为，萨拉萨星人还在害怕克拉肯山，尽管它实际上相当温和，上次喷发连一个人都没死！另外，克拉肯山是岛际通信系统的关键，山的顶峰超出海平面以上六公里，是整个行星的制高点，因此也是架设天线的理想基地。行星上的长途信号都由这里中转，然后发送到其他两岛。”

卡尔多淡淡地说道：“有件事总让我觉得有点奇怪，都过去两千年了，我们还是没有找到比无线电波更好的媒介。”

“卡尔多博士，那是因为宇宙里只有一条电磁波谱，我们得尽量利用起来。萨拉萨星人的运气很好，南北两岛的最远距离不过三百公里，克拉肯山能把它们全都覆盖了。就算没有通信器，他们的通信也完全不成问题。

“唯一的问题就是山太高，天气也差。这儿有个笑话，说克拉肯山是整个行星上唯一有天气活动的地方。现在每隔一两年就有人爬到山顶，修理修理天线，换掉几块太阳能电池和别的电池，顺便铲掉一大堆雪。办是都能办到，就是得花好大的力气。”

“要花力气的事他们能躲就躲，”医务总长玛丽·牛顿接过了话头，“我这不是在批评，他们是把体力耗费到更加重要的事情上了，比如体育运动。”

她本来还想说“做爱”，但这已经是许多同事之间的敏感话题，说出来可能会得罪人。

“那么，他们为什么非得爬上去呢？”卡尔多接着问道，“为什么不能直接飞到山顶上？他们可是有垂直起降飞行器的。”

“没错，可那上面空气太稀薄，而且天气极差。他们出过几次严重事故，最后还是决定用笨办法上去。”

“明白了，”卡尔多沉吟道，“这还是那个要不要干预的老问题。我们会不会削弱他们的自主能力？我觉得只会稍微削弱一点点。相反，如果我们不答应这么个简单的请求，则会激起他们的反感——有这个反应也正常，想想他们在制冰站的建设上给了我们多少帮助吧。”

“我也是这么想的。有人反对吗？没有，很好。罗伦森先生，请安排一下。你可以使用任何你觉得合适的飞行器，只要是‘雪花’行动用不着的就行。”

摩西·卡尔多一向很喜欢山，群山能让他觉得距离上帝更近——“上帝不存在”的说法偶尔还是会让他心生抵触。

在巨大的火山口边缘能看到岩浆汇成的海洋，岩浆早已板结，但上面的几十道缝隙中还不时喷出阵阵烟雾。在遥远的西方，山的那头是两座轮廓清晰的大岛，极目远眺之下，仿佛海平面上浮着两朵乌云。

空气寒冷得刺人，每一口呼吸都要费好大的劲，不过这也使人时刻处于兴奋之中。很久以前，他在一本不是关于古代旅行就是关于冒险的书上读到过一句话：“空气仿佛醇酒。”他当时就想请教那位作者近来吸了多少醇酒，但是现在看来，这个比喻好像也没有那么荒唐了。

“东西都卸完了，摩西，我们准备返航。”

“谢谢，罗伦。我本来想在这里多待会儿，到了晚上再跟着其他人一起回去，但在这个海拔待久了怕有危险。”

“那些工程师肯定带了氧气瓶。”

“我担心的不止是这个。曾经有个和我同名的人在一座山上遇到过大麻烦[①]。”

“抱歉，我听不明白。”

“不明白就算啦，反正都是很久很久以前的事了。”

飞行器在火山口的边缘升空时，工人们都欢快地朝他们挥手告别。工具设备都已就位，这些萨拉萨星人做起了所有工程

① 《圣经》中，犹太先知摩西曾在西奈山上被上帝授予亲手写的十诫法板，即《摩西十诫》，又在晚年时在尼波山上望着上帝指示的应许之地死去。

中必不可少的准备工作——有人煮起了茶水。

罗伦驾着飞行器缓缓上升，一路上小心翼翼地避开复杂的天线和其他装置，它们全都指向西方那两座隐隐约约的岛屿，要是扰乱了它们的电波，海量的信息就会永远丢失，而萨拉萨星人也会后悔向他们求援。

“你不是在往塔纳镇飞？”

“一会儿就去。我想先看看这山。喂，看那儿！”

“什么？哦！我看见了！克拉肯！”

这句感叹词用得恰到好处：就在他们脚下，大地裂开了一道百来米宽的深沟，深沟的底部是烈焰翻腾的地狱。

在地表之下，这颗年轻的行星仍然有着一颗炽热的心脏。闪闪发亮的黄色熔岩缓缓流入大海，岩流中间或点缀着几点血红。卡尔多不由得心想：谁知道这火山是真的平息了，还是在蓄势待发？

滚滚的岩浆不是他们的目标。在更远处有个直径一公里左右的小火山口，它的边缘耸立着一截毁坏的铁塔。他们缓缓驶近，发现本来有三座铁塔，在火山口边缘等距分布，但另外两座现在只剩下了基座。

火山口底部丢着一堆缠结的导线和几块金属片，显然属于曾经悬挂于此的巨型无线电反射器。火山口中央躺着接收和传输设备的残骸，一半浸没在山顶的暴雨形成的小湖里。

他们在空中盘旋着，脚下的这片遗迹曾经是萨拉萨星和地球的最后一条纽带。两人都缄默不语，谁也不想打搅对方的思考。最后还是罗伦先开口了。

“真是一团糟啊，但修起来应该不难。萨根二就在北方十二度，比地球更接近萨拉萨星的赤道，如果有了偏置天线，发送起电波来也更容易。”

“好主意！等我们造完了冰盾就帮他们造这个。不过他们应该也不需要太多帮助，因为这不是什么急事。毕竟，就算我们到了那儿立即发送信号，他们也要经过差不多四个世纪才能得到我们的消息。”

罗伦录下了整个场景，然后准备沿着山坡下降一阵，再朝南岛返航。他才飞了不到一千米，耳边就传来了卡尔多疑惑的声音：“东北方向的那股烟是怎么回事？看起来好像有人在发信号。”

在他们和地平线之间，一根纤细的白色烟柱正在万里无云的蓝天下冉冉升起，而几分钟前它还不存在。

“我们过去看看，可能是有船只遇险了。”

“你知道我想起了什么？”卡尔多问。

罗伦耸了耸肩，没有回答。

“我想起了喷水的鲸，那种动物每次浮到水面呼吸，都会喷出一片柱状的水雾，看起来跟这个很像。”

“这想法蛮有趣的，但是有两点错误，”罗伦说，“首先，现在这根烟柱至少有一公里高，这得是多大的一条鲸啊！”

“你说得对。另外，鲸最多只能喷射几秒钟，但这一根是持续的。那么第二点错误呢？”

“地图上说，那一片不是开放水域，因此不可能有遇险的船只。”

“这就不对了吧，萨拉萨星上可全是海洋——哦，我明白了，你说的是东部大草甸吧。没错，它的边界的确就在那儿，一不留神就会错看成陆地。”

说话间，一大片绿色迅速进入了他们的视野。那是浮游于水上的广袤海洋植被，它们覆盖了萨拉萨星的大块洋面，也为萨拉萨星大气提供了几乎所有的氧气。这是一片连绵无垠的绿，它的色彩十分艳丽，仿佛含有剧毒，看上去非常结实，似乎在上面走动都没问题。然而它的表面没有山丘，也没有任何地势起伏，唯有这一点才揭示了它的真实面目。

巨大的草甸中央有块直径一公里的区域，那里的植被不平整、不连续，和别处迥异。有什么东西正在它的下方翻滚，大股大股的蒸汽从中涌出，偶尔还甩出来几团打了结的海草。

“我怎么给忘了？”卡尔多说，“那是克拉肯的孩子。”

“对啊！”罗伦应道，“这是它在我们到来之后的第一次活动。这么说，三岛就是这么形成的？”

“没错。你看，羽流在稳定地向东移动，或许再过个一两百年，萨拉萨星人就能拥有一整列群岛了。”

他们又在空中盘旋了几分钟，然后掉头朝东岛飞去。

多数人都会觉得，这座海底火山挣扎诞生的场景，看起来十分惊心动魄。

但是在目睹过整个恒星系毁灭的人看来，这实在算不上什么。

23

参观制冰站

总统的游艇有个别名，叫作“岛际轮渡一号”，在三百年的服役期中，它还从来没有像今天这么精神，船上不仅挂满了彩旗，还新刷了雪白的油漆。但事不凑巧，不知是油漆用完，还是工人体力耗尽，总之上漆的工作只干了一半，船长只好每次都用右舷对着陆地靠岸。

和他的船一样，法拉丁总统也特地换上了一身惹眼的衣服（是总统夫人的设计），看起来既像罗马皇帝，又像先锋宇航员，让他感觉很不自在。瑟达尔·贝船长感到庆幸：船长的制服包括白色短裤、敞领衬衣、肩章，还有带着金色穗带的帽子，穿在身上非常自在。虽然他已经不记得上一次穿是什么时候了。

虽然总统差点被自己的长袍绊倒，但参观还是进行得相当顺利，船上那台精美的制冰站模型也运作得十分成功，它生产出了源源不绝的六边形冰块，大小正好可以放进盛放饮料的杯子里。参观者没有一个明白“雪花”这名字的贴切之处，但这也难怪他们，毕竟在萨拉萨星上，还没有几个人见过雪呢。

参观者看完了模型，接着就去参观真家伙，它们在塔纳镇的海滩上占满了几公顷。参观者包括总统及随从、贝船长及军官，还有游艇上的所有宾客，他们花了一些时间才从游艇来到岸边。在落日的余晖中，一行人仰望着宽二十米、厚两米的六边形冰块，心中满怀敬意。这是他们见过的最大一块冰冻状态的水，可能也是这颗行星上最大的一块。就算是在萨拉萨星的南北两极，海水也很少有机会凝结成冰，这是因为萨拉萨星上没有大块的陆地，洋流得以畅通无碍，浮冰刚刚形成，就会在赤道涌来的温暖海水中融化。

“可是，为什么要做成六边形的呢？”总统问。

副船长马林纳叹息了一声，心想这个理由肯定已经对他解释过好多次了。

但他还是耐心地答道：“这是个古老的问题：怎么用造型相同的砖块铺满一个平面？我们有三种选择：方形、三角形、六边形。在目前的情况下，六边形的在效率上略微胜出，运输也容易。像这样的冰块共有两百多块，每一块的重量是六百吨，它们最后会镶嵌在一起，组成防护盾。这有点像是用冰制作三层三明治。飞船加速时会把所有的冰块压成一只巨大的碟子，或者确切地说，压成一个钝圆锥体。”

刚才一直懒洋洋的总统突然来了精神：“听你这么一说，我倒有了个主意！我们还从来没在萨拉萨星上溜过冰呢！那可是一项优雅的运动。对了，还有个项目叫冰上曲棍球对吧？我看过录像，觉得那个就不要复兴了。你们如果能在奥运会之前给我们建个溜冰场，那就太棒了！你说能办到吗？”

“这个我得考虑考虑，”马林纳副船长有气无力地回答，“这个想法很有意思，不过您可能得先告诉我需要多少冰。”

“太好啦！等制冰站完成了原定任务，就能派这个用场了！”

马林纳正不知该如何作答，远处突然响起了一声爆炸声：焰火表演开始了。在接下来的二十分钟内，整个岛屿上方的天空都迸发出了绚烂的光辉。

萨拉萨星人热爱焰火，一有机会就大放特放，他们还在焰火中混合了激光图案。和焰火相比，激光更显瑰丽，也安全得多，可是没有了火药味，终究是少了一丝魔力。

表演结束后，宾客返回船上。副船长马林纳若有所思地说：“这总统虽说是个一根筋，但还是经常能说出些意外的话。那个什么混账奥运会我已经听够了，但他说的建溜冰场倒真是个好提议，它会让萨拉萨星人对我们怀有更多善意。”

“打赌还是我赢了。”罗伦森说。

“打什么赌？”贝船长问。

马林纳哈哈一笑。

“要不是亲眼看见，我还真的不会相信呢。有时候萨拉萨星人好像完全没有好奇心，把什么都当成天经地义似的。但他们既然这么相信我们的技术，我看还是该觉得荣幸的吧，他们没准儿觉得我们有反重力装置呢！

“罗伦认为有件事没必有要写进简报，结果还真让他说对了——我准备的第一个问题，法拉丁总统根本懒得问，那就是：我们准备怎么把十五万吨冰运到麦哲伦号上去？”

24

档案库

摩西·卡尔多喜欢一个人去登陆原点，他喜欢那大教堂一般的寂静氛围，在那里，他想待多久就待多久。面对人类创造的所有艺术、所有知识，他感觉自己好像变回了一个年轻的学子。这份体验让他既欢乐，又沮丧：他的指尖下沉睡着一整个宇宙，就算穷尽一生，他也只能探索其中微不足道的一小部分，有时，这种绝望感让他无力承受。他仿佛是独自赴宴的饥民，眼前摆放着望不到尽头的佳肴，它们的数量如此庞大，以至于让他反而倒了胃口。

不仅如此，眼前这个智慧和文化的宝藏，还只是人类精神遗产的一小部分。许多他知道的、热爱的知识都湮灭了。他知道那不是因为事故，而是有人刻意为之。

一千年前，一群满怀善意的天才改写了历史，他们在图书馆中逡巡，决定什么该留下，什么该付之一炬。取舍的标准十分简单，但施行起来却很困难：在所有文学作品和历史记录中，只有那些对人类生存和社会稳定有益的内容，才有资格进入播种船的存储空间，飞向新世界。

这是一项难以完成又令人心碎的任务。评选委员们强忍着泪水，筛选掉了《吠陀经》《圣经》《大藏经》《古兰经》以及根据这些经典创作的大量纪实作品和虚构作品。在那些作品里虽然饱含美和智慧，但委员们不能任由它们在新世界的人民心中灌输宗教仇恨和超自然信仰。他们不能让未来的新人像地球上的数十亿男女一样，为了求得安慰，不惜被虔诚的胡话蒙蔽心智。

在清洗中遭殃的还有几乎所有的小说家、诗人和剧作家，因为一旦没有了哲学和文化的背景，他们的作品就变得毫无意义。荷马、莎士比亚、弥尔顿、托尔斯泰、梅尔维尔、普鲁斯特，这些在电子革命取代纸张之前的创作大家，都没能留下完整的作品，唯一传世的只有几十万页精心挑选的段落。总之，凡是和战争、犯罪、暴力以及毁灭性的激情有关的一切，都被排除在了人类的文化遗产之外。如果智人设计出的（希望也是经过改善的）传人发现了这部分文字，他们就一定会创造出自己的文学作为回应。在这一点上，没有必要过早给他们鼓励。

音乐的命运要好一些（歌剧除外），视觉艺术也是。但这两个艺术门类的作品浩如烟海，同样亟须甄选，尽管挑选的标准有时失之武断。在未来，许多行星上的新人一定会奇怪莫扎特的第一到第三十八号交响曲到哪里去了，还有贝多芬的第二和第四号、西贝柳斯的第三到第六号交响曲。

面对眼前的任务，摩西·卡尔多深深地明白自己的责任，也明白自己的无能——无论才华多高的人，在这个时候都是无能的。麦哲伦号的数据库里存储着海量的信息，那都是萨拉萨星人从未知晓的，也必然是他们乐于接受的，虽然他们未必能完全理解。其中有25世纪的作家对《奥德赛》的杰出改写，那是穿越了半个千年的和平来回顾战争岁月的经典之作。还有费恩伯格翻译成通用语的莎翁四大悲剧，以及周笠翻译的《战争与和平》——光是说完那一长串的书名，就要花上几小时，甚至几天的时间。

有时候，在登陆原点大楼的图书馆里，卡尔多会忍不住对这些相当快乐但绝不天真的人民扮演一回上帝。他会把图书馆档案库中的条目和麦哲伦号的数据库作一番对比，看看哪些删除了，哪些缩编了。他虽然在原则上反对任何审查，但也常常认同审查者的智慧——至少在殖民地草创的那些年月里，审查是必要的。但事到如今，殖民地已经建立成功，或许该给他们搅动搅动，倾注点创造力了……

他偶尔也会受点打扰：或者是飞船上的呼叫，或者是年长的萨拉萨星人领着小辈来此地缅怀历史。他并不在乎被打扰，相反，有一个人的打搅还挺让他觉得高兴。

每天下午，如果不是塔纳镇上有紧急公务，米蕾莎都会骑着那匹漂亮的帕洛米诺马来访，马的名字叫“鲍比”，去了势。地球的访客第一次在萨拉萨星上见到马时都觉得十分惊奇，因为他们从没有在地球上见过一匹活马。萨拉萨星人爱动物，他们从地球人留下的大量基因材料中复制了许多出来。有的动物没什么用处，有的甚至还挺讨厌，比如那些可爱的松鼠猴就老喜欢从塔纳镇的居民家里偷点小东西。

米蕾莎每次都会带上点好吃的，通常是水果，或是当地的多种奶酪之一。卡尔多总是感激地收下，但他更感激的是她的陪伴。谁能想到呢？从前的他常对着五百万人演讲（那可比最后一代地球人总人口的一半还多！），可现在，一个听众就让他心满意足了……

“你家祖祖辈辈都是图书管理员，已经习惯了用兆字节思考，但是我想提醒你，‘图书馆’里有个‘书’字。你们萨拉萨星上还有书吗？”卡尔多问道。

“我们当然有！”米蕾莎语气极为愤慨——她暂时还听不懂卡尔多的玩笑，“有几百万，唔，几千本呢！北岛上有个人会印书，每年大概印十本书，每本印一两百册。它们都很漂亮，也很贵，都是特殊场合当礼物用的。我21岁生日那年收到了一本，是《爱丽丝漫游仙境》。”

“哪天得让我看看。我一向喜欢书，在飞船上藏了差不多一百本。大概就是因为这个吧，每次听到有人说多少字节，我都会在心里把那个数字除以一百万，换算成一本书：十亿字节相当于一千本书，以此类推。只有这样，我才能在别人说到数据库和信息传输的时候，明白他们到底在说些什么。说说你们的图书馆吧，它有多大？”

米蕾莎目不转睛地望着卡尔多，十指却在操作台的键盘上忙碌。

“这也是我学不会的技能，”他望着米蕾莎的动作，露出羡慕的神色，“有人说过，21世纪之后的人类已经分成了两个物种，一个是语言人，一个是数字人。当然了，如果需要，我还是可以用用键盘的，但我还是喜欢和那些用惯了电子产品的同事当面交谈。”

米蕾莎的搜索结束了：“根据上一个小时的盘点结果，是

645垓字节。”

“唔……有将近十亿本书了。那么图书馆最初的规模是多大？”

“这个我不用查就知道，是640垓字节。”

“那么，在七百年里——”

“是的，是的，在七百年里，我们只添加了几百万本。”

“我不是在批评你们，毕竟质量远比数量重要。你能不能给我看看萨拉萨星上你最喜欢的文学作品？还有音乐作品。我们的问题是不知道该给你们什么。麦哲伦号的共享数据库里存储了十亿多本书。你知道这意味着什么吗？”

“如果我说‘知道’，那就是在剥夺你告诉我的权利，我可没那么残忍。”

“谢谢你，亲爱的。说正经的，这是一件可怕的事，已经困扰了我好些年了。我有时会想：地球毁灭得正是时候，再拖下去，人类就要被自己创造的信息给压垮了。

“第二个千年结束的时候，人类创造知识的速度只有每年一百万本新书——和后来相比，只能说‘只有’了！这个数字还单单指多少有些传世价值，因此永久储存下来的书。

“到第三个千年时，这个数字至少翻了一百倍。有人做过统计，从书写问世的时候算起，直到地球毁灭，人类总共生产了一百亿本书。我刚才对你说了，我们的飞船上有这个数字的十分之一。

“如果把这些书一股脑儿地给你们，就算你们有足够的存储空间，也会被它们吞没的。那不是善举，只会使你们的文化和科学发展彻底停滞。再说其中的大多数材料也对你们毫无意义，你们得像从谷糠里打麦子那样筛选，筛选过程会长达几个世纪。”

奇怪，卡尔多心想，我以前怎么没想到这个比喻？这正巧是SETI的反对者一再重申的危险。好吧，我们一直没能和外星智能取得联系，甚至没有找到他们的踪迹。但萨拉萨星人做到了，而他们的外星智能就是我们……

但是，他和米蕾莎虽然来自截然不同的世界，相互之间却有许多共同点。她既好奇又聪明，这两样都是需要鼓励的特质。就算在一起航行的船员中，也没有人能和他开展这样振奋人心的对话。有时他实在答不上来她的问题，只好转守为攻。

一次，她提了一大串有关太阳系星际政治的问题，他招架不住，于是反问道：“有件事我很意外：你竟然没有继承你父亲的事业，在这儿全职工作，我觉得这是最适合你的职业了。”

"我也想啊，可是我父亲一辈子都在回答别人的提问，要不就是在为北岛的官僚归纳文档，根本没有时间做自己的事。"

"那你呢？"

"我喜欢搜集知识，但我也喜欢看到知识投入应用，所以他们才派我做了塔纳发展计划的副主任。"

"这个计划恐怕有点儿被我们的行动破坏了吧？正主任就是这么对我说的，就在他从镇长办公室里出来的时候。"

"你也知道布兰特是开玩笑的。这是个长期项目，只有大致的完工期限。如果奥运会的冰上竞技馆要建在这儿，那么计划就真得修改了，但大多数人都相信会越改越好。当然了，北岛人是希望把竞技馆造到他们那儿去，他们认为我们有登陆原点就够了。"

卡尔多轻笑了一声：像这样发生在两座岛屿之间的敌对可谓源远流长，他对此太了解了。

"可不是吗？再说现在我们也算你们的景点了呀，可不能太贪心了哟。"

交往到现在，两个人已经了解并喜欢上了对方，无论是萨拉萨星还是麦哲伦号，都可以拿来开玩笑了。他们对彼此毫无隐瞒，可以坦率地谈论罗伦和布兰特，还有，卡尔多也发现自己终于能说说地球了。

“我呀，米蕾莎，都不记得自己做过几份工作了，不过多数也不重要。我最长的一份工作是在火星的剑桥做政治学教授。你不知道那有多容易造成误解，因为地球上有个麻省剑桥，那里也有所老大学，另外还有个更老的剑桥，在英格兰。

“快到结束的时候，伊芙琳和我越来越关注起了身边的社会问题，关注起了那个最终移民计划。我么，有些，唔，有些演讲才能，能够帮助大家面对未来的遭遇。

“可是我们从未想到末日会在我们那个时代发生——谁想得到呢？如果当时有人告诉我说，我会离开地球，离开我热爱的一切……”

说到动情处，他的脸上抽动起来。米蕾莎一言不发，满怀同情地等着他慢慢冷静下来。她想问他的事太多了，多到或许要用一辈子的时间来回答。然而她只有一年了，一年之后，麦哲伦号便会重新上路，飞向群星。

“在得知他们需要我登船之后，我运用所有的哲学和辩论技巧证明他们错了：我老了，我的知识都存到数据库里了，别人比我更适合，等等，可我就是没说出真正的理由。

“最后还是伊芙琳为我下定了决心。是的，米蕾莎，在有些方面，女人的确比男人坚强……你看我，干吗要告诉你这些呢？

“她最后对我说的是：‘他们需要你，我们都一起生活四十年了，不少这最后一个月，带着我的爱去吧，别找我。’

“离开太阳系时，我始终不知道她是否像我一样，看到了地球的末日。”

25

蝎 子

罗伦在不久前的那次难忘的航行中就见过布兰特脱掉衣服，可是他从来就没意识到这个年轻人有这样强健的肌肉。罗伦一直很注意保养身体，但自从离开地球，他就很少有机会参加运动或者锻炼了。布兰特不同，他大概每天都在参加什么重负荷运动，效果相当明显。要战胜他，就必须回忆起地球上那些著名的武术招式，问题是这些武术罗伦一样都不会。

整个场面滑稽透顶：他的那些军官同事个个乐得合不拢嘴，贝船长掐着一只秒表，米蕾莎也站在一边，脸上的表情只能用“得意”形容。

船长报数：“2、1、0，开始！”布兰特像眼镜蛇一般闪电出击。面对猛攻，罗伦想要躲闪，但是他恐惧地发现自己的身体动不了了。时间似乎慢了下来……他的双腿像灌了铅一样不听使唤……他就要输了，不仅输掉米蕾莎，而且输掉他的男性尊严……

在这个节骨眼儿上，他蓦然惊醒。梦境还在扰乱他的心神。他明白梦的起因，但并没有因此平静下来。他不知道该不该去告诉米蕾莎。

肯定不能告诉布兰特。他到现在还是一派友善，但他的陪伴已经让自己有点尴尬了。不过今天，他却很乐意看到布兰特，要是他猜得没错，眼前的景象要比他们之间的私事重要得多。

他等不及要看看，面对这位在夜色中意外来访的宾客，布兰特的反应会是怎样。

混凝土铺就的管道长一百米，外面的海水经它流入制冰站，注入圆形水池，水池的大小正好可以容纳一片“雪花”的水量。纯净的冰块是一种糟糕的建筑材料，要加固之后才能使用，而东部大草甸中那些长长的海草既便宜又好用，是理想的加固材料。他们给这种冰块和海草的混合物取了个绰号，叫“混凝冰”。在麦哲伦号长达数周乃至数月的加速过程中，他们得保证这些“混凝冰”不会像冰川一样浮动。

两人站在水池边缘，罗伦对身边的布兰特说：“瞧，就在这儿。”在他们脚下，海洋植物互相缠结，织成了一张草筏，草筏上有一个缺口，一只动物正在缺口处吃着海草。那东西的样子就像地球上的龙虾，但身形是人类的两倍还多。

“你以前见过这样的东西吗？”罗伦问。

“才没有呢！”布兰特惊呼，“这种怪物不见也罢！你们是怎么抓到它的？”

“不是我们抓到的，是它自己沿着管道从海里游进来——或者说爬进来的。它进来之后发现了海草，于是决定吃顿霸王餐。”

“难怪它的钳子那么吓人，那些草秆可硬呢。”

“唔，还好它是吃素的。”

“我可不敢亲自确认。”

“我还指望你能告诉我点关于它的事情呢。”

“我们知道的萨拉萨星海洋生物还不到百分之一，总有一天我们会制造一艘研究潜艇，潜入深海，但现在有太多重要的事情要办，再说感兴趣的人也不多。”

罗伦暗自冷笑：很快就会多起来的。先来看看布兰特要多久之后才能发现异常吧……

“我们的科学官瓦莱查看了记录，说是几百万年前的地球上出现过类似的动物，古生物学家给它起了个好名字，叫‘海蝎子’。古时候的海洋肯定是个激动人心的地方。”

“这东西库玛尔肯定喜欢，”布兰特说，“你们打算怎么处理它？”

“研究研究，然后放走。”

“我看见了，你们已经在它身上做了标记。”

这么说，他还是注意到了，罗伦心想，不错不错。

“不，不是我们做的，你再看仔细点。”

布兰特露出困惑的表情，在水池边上跪了下来。大蝎子看都不看他一眼，继续用那两把硕大的钳子夹海草吃。

右边的那个钳子看起来不大自然：关节处缠着一截网线，绕了几圈，就像是个粗糙的手镯。

布兰特认出了那截网线，一下子张口结舌。

罗伦说：“那么，我是猜对了。现在你知道渔网为什么会破了吧？我看得再向瓦莱博士汇报一下，当然还有你们的科学家。”

麦哲伦号上，安妮·瓦莱在自己的办公室发出抗议：“我是个天文学家！而你们需要的是一个精通动物学、古生物学和民族学，还懂得其他知识的人。我已经仁至义尽，给你们写了个搜索程序，结果都存在你们的二号数据库里，文件名是

‘蝎’，你们只要在那里面搜索就行了。祝好运！”

虽然嘴上说不愿帮忙，瓦莱博士还是用她一贯的高效率，对主数据库里近乎无穷的知识做了一番筛选。两人逐渐在其中发现了规律。与此同时，那只众人注意的焦点继续在水池子里优哉游哉地觅食，参观者川流不息，有的是来研究的，有的是来表示惊讶的，大家伙对这些人一律无视。

它的外表是够吓人的，那对钳子几乎有半米长，似乎轻轻一合就能将人斩首，但它似乎完全没有攻击性，只是静静地进食，也不逃走，或许是不舍得离开这么丰沛的食物吧。众人一致认为，它是被海草里的什么微量物质引诱到此地的。

不知道它会不会游泳，总之是没有想游的意思，只是迈着六条粗短的腿爬来爬去。四米长的身躯外面包裹着色彩斑斓的外骨骼，甲壳之间相互铰接，运动起来十分灵便。

还有一个惊人之处是它尖嘴周围的那几缕触须，或者该说是小型触手，它们像极了人类粗短的手指（像得叫人不自在），灵活程度似乎也不落下风，它们的主要功能是处理食物，但显然还有许多其他用途，和钳子配合起来更是精彩绝伦。

它有两对眼睛，视力一定很好，其中的一对较大，在白天始终闭合，看来是在弱光中使用的。这身装备能让它轻而易举地观察、改造环境，而这两点恰恰是产生智能的首要条件。

然而，要不是它的右钳子上有意绕了一截网线，没有人会想到这个奇怪的动物可能拥有智能。不过话说回来，这截网线也证明不了什么，有记录显示，地球上也有一些动物喜欢收集物品（尤其是人造物品），并为它们赋予奇奇怪怪的用途。

澳洲的园丁鸟和北美洲的狐尾大林鼠热衷于收集有光泽和色彩的物品，它们甚至会把这些物品摆放成艺术图形，如果不是有详细的档案，这种事说给谁听都不会相信。地球上充满这样的谜，现在永远也解不开了。这只萨拉萨星蝎或许也是在无意识地重复祖先的举动，而这么做的原因可能同样神秘莫测。

这个现象引发了许多种解释，有一种认为那个网线手镯不过是装饰用的，这个解释最为流行，因为它不用假设这蝎子有智能。但佩戴这么个手镯肯定需要一双巧手，这又引发了许多人的讨论：这只蝎子究竟能否独立完成这项工作。

当然了，它也可能是得到了人类的协助，它说不定还是某个古怪科学家的宠物，后来逃出来了，但这种可能微乎其微，因为萨拉萨星上的居民彼此都认识，真有这事肯定早传开了。

还有人提出了一种解释。这解释最离谱，却也最发人深省——

或许，这枚手镯代表了阶层。

26

“雪花”升起

这是份时间漫长、内容枯燥的工作，加上早已驾轻就熟，欧文·弗莱彻上尉有大把时间用来思考。说实话，他已经思考得太久了。

他是一名垂钓者，正用强韧得难以想象的鱼线钓起六百吨重的猎物。每天一次，自动制导的捕捉探头都会从太空中垂下，在身后牵出一根三万公里长的弧线。抵达萨拉萨星后，它会自行找到货物，等到所有检查完成，就是起吊开始的时候。

起吊是最关键的环节：探头将“雪花”从制冰站中吊起，向着麦哲伦号上升，再将这巨大的六边形冰块安放到距离飞船不过一公里处。起吊都是在午夜开始的，起点是塔纳镇，终点是飘浮着麦哲伦号的静止轨道，整个过程不到六小时。

如果麦哲伦号在“雪花”就位和组装时都暴露于阳光下，那么冰块上就必须要有阴影的遮盖，这样才不会被萨拉萨星的太阳化为蒸汽，消失在宇宙中。一旦冰块安全进入巨大的防辐射罩，起吊中用于保护的隔热膜就没了用处，这时，远程控制的机械爪会将它们一张张揭掉。

接下来就是将起吊框和“雪花”分离，并将其送回地面，装载下一批货物。硕大的金属托盘也是六边形的，它仿佛是某位古怪的厨师设计的平底锅盖，有时会和冰块粘连在一起，要小心翼翼地稍微加加热才能将它们分开。

最后，这些形态完美的浮冰将安放在距离麦哲伦号一百米的太空中，最难的工作这才开始。在失重状态下拼装六百吨的物体，这项工作完全超出了人类直觉所能把握的范围。只有计算机才知道，需要施加多大的推力，在什么方位、什么时候施加，才能将这座人工冰山安装到位。然而最先进的人工智能也未必能预料到一切突发状况或意外事件。弗莱彻明白，虽然现在还无须人工干预，但他得时刻作好准备。

他告诉自己：我正在着手建造一个冰块构成的巨大蜂窝，蜂窝的第一层已经大致完成，还有两层要盖，如果不出意外，整个工程将在一百五十天后完工。工程会先在低加速度下测试，以确定各个冰块已经融为一体，接着，麦哲伦号就会驶上群星之旅的第一段航程。

弗莱彻工作得一直很尽责，但他只是在用脑工作，没有用心。他的心，已经迷失在了萨拉萨星。

他是在火星上出生的，而眼前的这颗行星拥有他那片荒凉的故土上缺乏的一切。他曾眼睁睁看着几代人的辛劳在火焰中化为乌有，而现在，天堂就在眼前，何必还要在几个世纪之后，在另一颗行星上白手起家呢?

是啊，况且还有个姑娘在等着他，一个南岛的姑娘……

他已经差不多下定了决心：时间一到就弃船。萨根二上的坚硬岩石就让地球人去对付吧！让他们去施展力量，施展技术，他们或许真能打碎岩石，也可能会让岩石打碎他们的身体、他们的心。他能做的就是祝他们好运。等到手头的工作完成，这里就是他的家了。

在三万公里下方的萨拉萨星地面，布兰特·法考纳也作出了一个重要的决定。

“我要去北岛。”他对米蕾莎说。

米蕾莎默默地躺着。在布兰特觉得自己等了很久之后，她开口了：“为什么？”她的语气中没有惊讶，也没有悔恨。她不由得心想：我变得太多了。

还没等他回答，她又补上一句："你不喜欢北岛。"

"但事情都这样了，那里总该比这儿好吧。这儿已经不是我的家了。"

"这儿永远是你的家。"

"只要麦哲伦号还在头顶上，就不是。"

黑暗中，米蕾莎伸出手掌，去碰身边的陌生人。至少，他没有躲开。

"布兰特，我不是故意的；我肯定罗伦也不是。"

"说这些有什么用呢？说实话，我真不知道你喜欢他什么。"

米蕾莎差点露出了微笑：在整个人类的历史上，曾经有多少男人对多少女人说过这句话啊！又有多少女人对男人说过："你到底喜欢她什么？"

这当然是一个没有答案的问题，勉强作答只会适得其反。但有几次，她自己也思考过这个问题。她想知道，是什么力量让她和罗伦在第一次相遇之后，就被对方吸引。

最强大的力量当然是叫作"爱情"的神秘化学反应，它无法用理性分析，如果不是陷入同样的幻觉就无从体会。但另外的几股力量却能够诉诸逻辑，清楚地予以认定和解释。只有在现在认清它们，才能在有朝一日（但愿晚一点来！）用智慧面对分离。

首先是笼罩在地球人身上的悲剧气氛，这是个相当重要的特质，然而它也是所有船员都具备的特质。那么，罗伦身上有什么布兰特没有的特殊之处呢?

要从这两个男子中挑选恋人还真不容易。罗伦可能更有想象力，而布兰特则更富激情，尽管他好像在过去几周里变得有点敷衍了。总之，无论和谁厮守，她都会感到十分幸福。不，不是这个区别……

或许，她要找的特质根本就不存在。区分两人的或许并不是某个单一的特质，而是所有特质的综合，是她的本能在潜意识中算出了总分，最后罗伦以几分的优势胜出——可能就是这么简单吧。

但在有一点上，罗伦肯定让布兰特黯然失色：罗伦有干劲，有抱负，而这两种品质都是萨拉萨星上十分罕见的。不过话说回来，他就是因为具备了这些品质才被选上麦哲伦号的，因为这些品质在未来的几百年里都用得上。

布兰特呢，不缺冒险精神，但什么抱负都没有，他那个迟迟不见完工的渔网计划就是证明。他对世界只有一个要求，那就是多来点有趣的机器，让他好好玩玩。米蕾莎有时会想，或许在他心中，自己也属于这一类玩具吧。

相比之下，罗伦就属于伟大的探索者和冒险家之列。他创造历史，而不是臣服于历史的规律。此外他也不乏温情的一面——原先不太展露，但最近越发常见了，在让萨拉萨星的海洋冻结的同时，他的内心却在渐渐融化。

米蕾莎轻声问道：“你要去北岛干什么呢？”短短几秒，她就已经接受了布兰特的决定。

“他们要我去帮忙装备卡里普索号，北岛人对海其实不太了解。”

米蕾莎感到释然：布兰特并不只是在逃跑，他还是有工作可做的。

工作可以帮他忘却。或许，还会有再度想起的时候。

27

历史的镜像

摩西·卡尔多把存储卡举到灯下，凝神注视，仿佛能读出里面的内容似的。

“这东西对我永远是个奇迹，”他说，“居然能把一百万本书捏在拇指和食指之间——不知道卡克斯顿和古登堡看了有何感想？”

“谁来着？”米蕾莎问。

“是两个让人类开始读书的人。不过话说回来，聪明也不是没有代价的。我有时会想到个有点可怕的念头：某块存储卡里存放着绝顶重要的信息，比方说治疗某种猖獗传染病的方法，但信息的地址却找不着了，它就在那几十亿个页面里，可我们就是不知道是哪几页。想想看：解药就在手掌里放着，但是死活找不着了，这该有多丧气啊！”

“我看这不是问题，”船长的秘书琼·勒罗耶在一旁说——勒罗耶是信息存储和提取方面的专家，她参与了萨拉萨星和麦哲伦号之间的资料传输工作，“你总会记得关键字的，只要写个搜索程序，查看十亿个页面也就是几秒钟的事。”

卡尔多一声叹息：“你又何苦破坏我的噩梦呢？”接着他又露出了笑脸，“但你也未必知道关键字啊。你想想，有多少次是我们找到了需要的东西，才知道需要的是什么的？”

“这只说明你没条理。”勒罗耶上尉答道。

米蕾莎听着他们互相挖苦，不知道哪几句该当真，哪几句是玩笑。琼和摩西并没有刻意将她排除在对话之外，只是两人的经历和她迥然不同，有时候，听他们说话就像在听外语。

“总之，主索引已经完成，我们都知道了对方有些什么，现在只要决定传输的内容就行了——这么说好像要传的东西很少似的。等到我们相隔七十五光年的时候，传起东西来可就不那么方便了，成本就更别提了。”

“说到这个，我想起一件事，”米蕾莎说，“本来该对你们保密的：上个星期，北岛那边来了个代表团，里面有他们的科学院主席，还有几个物理学家。”

“我猜猜他们来干什么——是为量子引擎？”

“正确。”

“他们什么反应？”

“他们又惊又喜，因为没想到我们真的有资料。当然了，他们已经复制了一份。”

“够走运的，他们的确需要那资料。你可能还得提醒他们几句：有人说过，量子引擎的真正目的可不是探索星空这种小事，总有一天，我们会用它产生的能量阻止宇宙塌缩成黑洞，然后开辟出一片新的宇宙。”

这番话把两位听者都震住了，现场一片沉默。琼·勒罗耶赶紧打破僵局。

“当然，这届政府是看不到了……我们还是接着干活吧，睡觉前还有好几兆字节要弄呢。”

他们并没有一味地工作。有几次卡尔多觉得累了，就走出登陆原点的图书馆，缓步走到艺廊，在计算机的指引下参观母船（他从来不走同样的路线，而是尽量到各处转转），要不就是到博物馆去缅怀历史。

博物馆的地球展示厅外面总是排着长龙，参观者多数是学生，也有父母带着孩子去的。摩西·卡尔多地位特殊，不用排队。有几次插队时他略感愧疚，但马上就安慰自己说：萨拉萨星人有一辈子来享受这些从没见过的风景，而他只有几个月的时间重访失落的家园了。

有时，他会和萨拉萨星人一起欣赏这些景色，他很难让这些新朋友相信自己没去过这些地方。他们眼前的一切都至少比他的时代早了八百年——殖民萨拉萨星的母船是在2751年离开地球的，他却要到3541年才出生。然而有几次，他还是吃惊地认出了眼前的景致，每到这个时候，记忆就会像洪水般席卷而来，将他彻底吞没。

最诡异的是“街边咖啡店”的场景，这也是最让他缅怀的。他每次都会在小桌边坐下，在雨棚下喝点葡萄酒或咖啡，看着熙熙攘攘的城市。只要不从桌边起身，他就永远无法分辨什么是影像，什么是现实。

地球上的大城市都被做成了缩影，恢复了生气。罗马、巴黎、伦敦、纽约，冬去春来，日夜更替，游客、商人、学子、恋人，大家在他眼前各自忙碌。常有人意识到正在录影，于是扭过头来，冲着几个世纪后的观众莞尔一笑。看到这一幕，没有人能无动于衷。

还有些全息影像里一个人都没有，连人类生产的东西都看不见，但是它们让摩西·卡尔多再度领略了自然的雄奇：维多利亚瀑布的沉沉雾霭，大峡谷上空的一轮明月，喜马拉雅山麓的皑皑白雪，南极大陆的陡峭冰岩。和城市的风光不同，这些景色在拍成影像之后又原样保存了几千年。它们在人类诞生前很久就已存在，最终却都在他面前灰飞烟灭。

28

沉没的森林

海蝎子似乎一点不着急，它慢悠悠地走了十天，才前进了五十公里。利用它身上的声呐信标——当初可是费了好大劲，顶着它的怒火，才把信标贴上甲壳的——科学家们很快发现了一件怪事。

它很清楚自己要去哪里。它在两百五十米深的海底笔直朝前，到达目的地后继续四处走动，但活动范围只有很小一块。又这样过了两天，超声波发射器的信号戛然而止。

有人认为，海蝎子是被什么更大、更凶恶的生物吃掉了，但这个解释过于天真：发射器是裹在一根坚固的金属棒里的，无论什么样的尖牙、利爪或是触手，都至少要忙活几分钟才能将其摧毁。即使它被什么生物整个吞下，功能也丝毫不会受到影响。

这样就只剩下两种可能，但第一种被北岛水下实验室工作人员严正地推翻了。

“发射器的每一个元件都有备用件，”实验室主任说，“而且信号消失前两秒，我们还收到过一个诊断脉冲，这说明机器一切正常，不可能是设备故障。”

这样就只剩下那个不可能的解释了：发射器是被关掉的。而要做到这一点，就必须卸掉一条锁闭杆才行。

锁闭杆不可能意外脱落，只能是由什么东西出于好奇弄掉的，也有另一种可能——蓄意破坏。

卡里普索是一艘双体船，长度为二十米，它不仅是萨拉萨星上最大的，而且也是唯一的一艘海洋研究船，平时一般停泊在北岛。罗伦一上船就发现了一件趣事：船上的科学家假装把来自塔纳镇的乘客当作无知的渔夫取笑，乘客们也不甘示弱，一有机会就向北岛人吹嘘，说海蝎子是自己这边的人发现的。罗伦倒没有提醒他们：严格来讲，这个说法并不属实。

看到布兰特，罗伦有些吃惊，但他来之前就该想到的，因为有一部分卡里普索号的新设备正是由布兰特操办的。两个人礼貌而冷淡地打了招呼，其他乘客投来或是好奇，或是打趣的目光，对此，两人故意视而不见。萨拉萨星上很少有秘密，而现在，大家都已经知道是谁住进了里奥尼达家的主客房。

后甲板上有台小型潜水器。看到了它，过去两千年里的任何一位海洋学家都会觉得眼熟：它的金属框架上固定着三台电视摄像机、一条远程控制机械臂、一个盛放样品的金属篮网，还有一套能让潜水器全方位移动的喷水推进装置。这位机器探险家下水后，会通过一条比铅笔头粗不了多少的光纤，把画面和信息传回水面。这项技术已经有了几个世纪的历史，到今天仍然完全够用。

海岸线终于消失在了视野之外，罗伦第一次感到自己完全被海水包围了。他回想起了同布兰特和库玛尔一道出海时的焦虑感，那一次船只离岸还不到一公里呢。他愉快地发现，尽管情敌就在眼前，但这一次他却不那么紧张了，或许是因为这次的船比上次大了许多吧。

这时布兰特说道："奇怪，我还从来没在这么西边的海域见到过海草呢。"

罗伦起初没看到什么，但接着，他就在前方海水中发现了黑色斑点。几分钟后，他们就驶进了一片松散的浮游植物里，船长把速度降了下来，让船只缓缓前行。

“反正就快到了。”他说，“没有必要让这些东西堵住进水口。你说对吧，布兰特？”

布兰特调整了一下显示器上的光标，看了看读数。

“没错，离发射器失踪的地方只有五十米了。现在深度两百一十米，放鱼儿下水吧。”

“等等，”一个北岛科学家说，“我们在这台机器上花了很多时间和金钱，而且整个行星上就这么一台，要是它被该死的海草缠住了可怎么办？”

众人纷纷陷入沉思。或许是为这位北岛专家的气势所慑，连库玛尔都罕见地没有吱声，但他只憋了一会儿就提出了异议。

“只是海面上看起来比较吓人吧，到了十米以下，叶子就少了，只有大的枝干，活动空间还是挺大的。这就跟森林差不多。”

罗伦心想，没错，这的确像是一片海底森林：蜿蜒、修长的树干，游弋其间的海鱼。船上的科学家们都盯着主监视器和各种仪表，他却戴上了一副全景夜视镜。视野中的一切消失了，代之以缓缓下沉的机器人前方的景象。从感官上说，他已经离开了卡里普索号的甲板，耳边传来同行者的语声，但那声音仿佛来自另一个世界，与他毫无关系。

他成了奇异世界里的探险家，不知道接下来会遇见什么。

这是一个狭窄、单调的世界，差不多全是黑白的，淡蓝和淡绿是唯一的彩色，他的视线局限在三十米之内，无论朝什么方向看，眼前都竖着几十根修长的树干。这些树干的表面上以固定间距长着鼓鼓的气囊，以此获得浮力；它们一头固定在漆黑的海底，另一头朝着上方波光粼粼的“天空”伸展。有几次，他觉得自己仿佛在暗淡多雾的天气里穿越一片树林，但边上窜出的鱼儿不时地破坏着他的错觉。

有人说话了：“目前深度两百五十米，应该能看见海底了。图像分辨率正在下降，要开探照灯吗？”

在罗伦看来，图像却没有什么变化，这是因为夜视镜会自动调节亮度。不过他也明白，在这个深度上，四周应该已接近漆黑，人类的眼睛已经不管什么用了。

有人答话：“不用，不到必要时不要打草惊蛇。只要摄像机还在拍摄，我们就凑合着看吧。”

“看，到海底了！主要是岩石，没什么沙子。”

“这是当然的，萨拉萨巨藻需要在岩石上生根，这一点和马尾藻不同。”

罗伦明白他在说什么：修长树干的底部是纵横交错的树根，它们牢牢地抓着凸出的岩石，无论是风暴还是海面洋流，都不能让它们松开。这地方比他预料的更像陆上的森林。

机器测绘员小心翼翼地在这片海底森林中穿梭，光缆在它身后铺开。树干如同蟒蛇，扭曲着伸向看不见的海面。光缆似乎并无缠绕之虞，因为这些巨大的树干之间非常空旷。说实话，空旷到了这个地步，有可能是被蓄意……

几秒之后，盯着主监视器的科学家们也明白了这个惊人的事实。

“克拉肯！”有人低声惊呼道，“这不是自然形成的森林，这……这是个农场！”

29

撒巴拉人[①]

他们自称“撒巴拉人”，这是为了纪念一千五百年前，那些在地球上驯服荒原的先驱。

不过在有一点上，火星上的撒巴拉人比较幸运：他们的对手不是人类，而是凶恶的自然，是形同于无的大气，是席卷整个行星的沙暴。这些障碍他们都克服了，他们老喜欢说自己不仅是幸存者，而且是胜利者。这句话和无数其他东西一样，也是从地球上借来的，但是在强悍的独立性格的支配下，他们很少承认这一点。

① 撒巴拉人：指在以色列境内出生的犹太人。

在过去一千多年里，他们一直生活在一个错觉当中，这错觉无比强烈，几乎形成了宗教。像一切宗教一样，它也在火星社会中发挥着重要功用，它为人民制定了超越个人的目标，也为他们的人生赋予了意义。

在计算得出结果之前，撒巴拉人一直相信（至少是希望）火星能够摆脱地球的厄运。当然了，他们的星球不会毫发无损，因为这点距离只够让辐射降低百分之五十，但是这已经足够了。有了行星两极数公里厚的远古冰川，火星人或许能逃过地球人的命运。甚至有人做起了美梦，认为融化的冰川能重现这颗行星上消失的海洋。当然了，这只是少数浪漫主义者的观点。不过，融冰的确有可能让大气变得足够稠密，让人类只需带上简单的呼吸和隔热装置，就能在户外自由活动……

这些希望相当顽强，在无情的算式公布之后，才算终告破灭。算式说得很明白：无论拥有什么技术，付出多少努力，撒巴拉人都救不了自己。他们将和那颗因为软弱而备受鄙视的母星一样走向灭亡。

但是在这里，在这颗位于麦哲伦号下方的行星上，最后一代火星殖民者的希望和梦想终于有了寄托。当欧文·弗莱彻俯瞰着萨拉萨星那延绵不绝的大洋，他的脑海中反复闯进一个念头。

星际探测器发回的报告显示：萨根二和火星十分相像，这也是他和他的同乡被这次任务选中的原因。然而胜利就在此时，就在此地，他们又何苦要在三百年之后、七十五光年之外重新打响一场战役呢?

弗莱彻不再考虑擅离职守了，因为那样要抛弃的东西太多。在萨拉萨星上找个藏身之处很容易，但是当麦哲伦号再次启程，当青年时代的最后一批朋友和同事离他而去，他又将作何感想呢?

船上还有十二名处于休眠状态的撒巴拉人。已经觉醒的共五人，他已经谨慎地试探了其中的两人，也得到了正面的回应。如果剩下的两人也有这个意思，那就说明他的确能代表那些尚在休眠的同胞。

麦哲伦号必须终止远航，在这里，在萨拉萨星。

30

克拉肯的孩子

卡里普索号正以二十公里的时速，不徐不疾地行驶在返回塔纳镇的途中。船上没有什么人说话，乘客们都在琢磨刚才在海床上看到的景象。罗伦还戴着夜视镜，与世隔绝，回放着潜水器在海底森林中的探险历程。

潜水器拖着一条光缆，像机械蜘蛛般在海底森林中缓缓穿行，巨大的树干很长很长，给人纤细的感觉，实际上却比一个人的腰围还要粗壮。他现在看清楚了：这些树干排列得很有规则。潜水器接着前进，突然周围的树干齐齐消失，由于有了思想准备，船上的人也不怎么惊讶。在前方，一群蝎子正在它们的丛林营地中忙碌。

不开探照灯是明智的选择，潜水器在近乎漆黑的海水中静静观察着，仅仅几米之下的动物对它毫无知觉。罗伦在录像里见过蚂蚁、蜜蜂和白蚁群，眼前的蝎子让他想起了那些昆虫。乍一看，你很难相信这么精巧的组织会在没有主导智能调度的情况下出现，但实际上，这些动物可能是完全依照本能行动的，就像地球上的那些社会性昆虫一样。

有几只蝎子在照料巨大的树干，它们一直向上攀爬，仿佛是要升到海面去收割看不见的阳光。还有几只蝎子在海床上跑来跑去，随身携带着石块和草叶，还有做工粗糙，但一眼就能识别的网兜和篮子。这么说，它们是会制作工具的。但即便是这样，也不能证明它们具备了智能。它们只是用随处可见的海草茎叶制作了一些物品，相比之下，有些鸟类的巢穴要考究得多。

罗伦心想，我好比是一个来自宇宙的访客，正在石器时代的地球村落上方，巡视人类刚刚发现农耕的情景。如果真是那样，他（或它）能够通过这次视察，准确评估人类的智能吗？还是会以为那是完全出于本能的行为？

潜水器已经深入空地，尽管最近的树干就在五十米开外，但周围已经连一棵树都见不到了。就在这时，一个风趣的北岛人说：“这里是蝎子城的市中心。”这话后来风靡开了，连科学报告里都作了引用。

最恰当的说法是，这地方看起来既是居住区，也是商业区。它的入口处横亘着一块凸出的岩石，高五米左右，表面有好几个黑漆漆的洞穴，大小正好可以容纳一只蝎子通过。洞穴的分布很不规则，但尺寸相当一致，不可能是自然形成的，整块岩石看起来就像是一位古怪的建筑师设计的公寓楼。

蝎子们在这些入口里不断进出。罗伦心想，它们就像电信时代以前那些在老城上班的白领。在他看来，蝎子们的活动毫无意义，但是在它们眼里，人类的商贸活动大概也没有多少意义吧。

“大家看，那是什么？”卡里普索号上的一位观测者说，“最右边那里，能开近一点吗？”

全神贯注的罗伦吓了一跳，这声音把他从海床暂时拉了回来，带回了海面。

随着潜水器位置的改变，他的视野也跟着猛烈倾斜。接着，潜水器恢复水平，驶向右侧的一块孤零零的塔状岩石。那块岩石脚下趴着两只蝎子，根据它们的尺寸判断，岩石的高度约为十米，中间还有个洞穴开口。罗伦一开始没看出有什么，但渐渐地，他觉察到了几处反常。眼前的画面，有什么地方和蝎子城的整体感觉对不上。

别的蝎子都在来回忙碌，岩石脚下的那两只却待在原地，只有脑袋不停转动。此外，还有什么不对劲的地方……

是了！是这两只蝎子的尺寸。从他的角度很难判断大小，但在对比了匆匆跑过的几只蝎子之后，罗伦断定这两只比它们的同类差不多大了一倍。

有人轻声问道："它们这是在干什么？"

"我来告诉你，它们是看守，是哨兵。"有人答道。

众人一听就觉得的确是如此，毋庸质疑。

"那么，它们是在看守什么呢？"

"皇后吧，如果它们有皇后的话。或者，是蝎子城第一银行？"

"接下来怎么办？潜水器太大了，就算它们放行也进不去。"

讨论到这里，话题变得学术起来。潜水器继续下沉，到了距塔状岩石顶部不到十米的位置。操作员启动了一个推进器，它射出一小股水流，止住了下沉。

不知是因为推进器的声响还是震动，下面的两名哨兵蓦地警觉，然后同时暴蹿上来。刹那间，罗伦仿佛陷入噩梦，扎堆的复眼、摇摆的触须、巨大的钳子一下子涌到眼前。他暗自庆幸自己是在船上，而且对方不会游泳。

游泳它们不会，攀爬还是会的。两只蝎子从两侧飞速攀上岩石，几秒钟后就到了顶部，离潜水器的底部只有几米了。

操作员急忙行动："得在它们起跳前离开！钳子一来，我们的光缆就成棉花了！"

他晚了一步。一只蝎子从石顶纵身跃起，几秒之后，它的脚爪就搭上了潜水器下方的滑板。

但操作员的人类反应也不逊色，况且他还掌握着更高的技术。就在接触的一刹那，潜水器全力后退，机械臂也迅速挥出，格挡来自下方的攻势。最关键的是，它的探照灯打开了。

那只蝎子肯定感到眼前一晃。它举起钳子，做出了酷似人类在惊讶时的动作，然后便朝着海床跌落下去，没能和机械臂正面交锋。

夜视镜在刚才交手的刹那突然停工，罗伦的眼前一片漆黑。但不一会儿，摄像机的自动回路就根据光照水平做了调节，图像重新出现，正巧是蝎子的特写画面：它一脸错愕的表情，片刻之间就掉出了视野。

罗伦清楚地看到，它的右钳下方缠着两根金属线圈，不知道为什么，他一点都不觉得惊讶。

在卡里普索号朝向塔纳镇返航的途中，罗伦回放着刚才的最后一幕，他的感官还沉浸在海底世界里，完全没注意到掠过船身的轻微震动。但接着，他就听到了周围传来的惊呼和疑问，也感受到了船身突然改变航向的倾斜。他扯掉夜视镜，对着明亮的日光一个劲儿眨巴眼睛。

起初他什么都看不见，等到双眼适应了亮光，他发现前方几百米就是南岛那棕榈林立的海滩。我们触礁了，他心想。布兰特再也听不到这最后……

但接着，他的眼前就出现了困扰人类两千年的梦魇。他做梦都想不到，自己竟会在平静的萨拉萨星上看见这幅景象：在东方的海平面上，一朵蘑菇云正冉冉升起。

布兰特这是在干什么呀？这会儿应该往陆地开的，他却驾着卡里普索号拼命急转弯，试图开回海里。可这会儿好像是他说了算，其他人都张大了嘴望着东面。

“克拉肯！”一位北岛科学家低声惊呼。罗伦起初以为他在发出那句老掉牙的感叹，但接着就明白过来，他随之感到了一阵释然，然而这感觉没有持续多久。

这时，库玛尔说了声：“不对！”罗伦望着他，觉得他的表情异常警觉。“不是克拉肯，克拉肯没这么近，这是克拉肯的孩子！”

船上的无线电开始发出持续的警报，中间还夹杂着郑重的预警信号。罗伦还没闹明白状况就发现了一件怪事：海平面消失了。

他的脑子里一团乱麻。他的一半心思还在海底的蝎子身上，眼睛也还没有适应波光和阳光，正一个劲儿地眨巴着。

他心里觉得纳闷：或许是视力出了问题，卡里普索号明明在水平行驶，看上去却正斜斜地插进水里。

不对，是海水在上升。浪涛的轰鸣越来越大，淹没了一切声响。巨浪从半空劈头砸下，罗伦不敢估计它的高度。这下他明白布兰特为什么要往深海里开了：如果待在浅水区，海啸的怒涛就会让他们送命。

仿佛有一只巨手抓住了卡里普索号，将船头抬向天空。罗伦在甲板上无助地向下滑，他试图在半路上攀住一根立柱，但是失败了。紧接着，他就掉进了海里。

别忘了应急训练！他拼命告诫自己。无论海洋还是太空，原则都是相同的，最大的危险是恐慌，因此头脑一定要保持……

他没有溺水的危险，身上的救生衣可以确保这一点，可是充气开关在哪儿呢？他的手指在腰部全力摸索，尽管努力克制，他还是感到了一阵短暂的战栗。接着，他摸到了金属把手，轻轻一拉就动了，救生衣膨胀开来，将他包了个结实，他在心里长出了一口气。

现在真正的危险是卡里普索号，得提防它朝自己脑袋砸过来。它在哪儿呢？

看到了，这个距离近得吓人。海面上波涛翻滚，船上的一截桅脚被拖进了海里。大多数乘客还在船上，真不可思议。他们现在都在指着他的方向，有人拿着个救生圈准备丢下来。

海面上漂满了东西，有椅子，有盒子，还有设备的零部件。潜水器也在，它的一个浮力罐破了，正冒着气泡缓缓下沉。罗伦心想，希望这东西能捞回来，不然这次出海的损失就太大了，而且要过很长时间才能再去研究那些蝎子。他的内心感到相当自豪：在这样的处境下，我还能够冷静地估计形势。

就在这时，有什么东西擦到了他的右腿，他不由自主地踢了两下，想把它踢开，但那东西勒进了他的肉里。他的心里现在只有恼怒，没有警觉——反正已经安全浮出水面，巨浪已经过去，现在没什么东西能伤害他了。

他又小心地踢了两下。可这时，他的左腿也被缠住了。他蓦地警觉：可不是有什么东西蹭到了腿那么简单，虽然身上穿了救生衣，但他正在被那东西拽着往下沉。

罗伦·罗伦森这才真的感到了恐惧。他突然想到了那只巨型珊瑚虫蠕动的触手，但那些触手是柔软而有肉感的，缠在他腿上的则明显是缆线或绳索一类的东西。他一下子明白过来：

那是下沉的潜水器和母船之间的脐带。

要不是一个出其不意的浪头，他或许还能够脱身。他呛了几口水，咳嗽着想要清空肺部，双脚还在继续踢着光缆。

接着他就被拖到了水下。头顶上方就是空气和海水、生与死的分界线，不过一米之遥，却说什么都够不到。

到了这个时候，一个人能想到的只有自己的性命。什么人生的闪回，什么对今生的悔恨，一概没有，连米蕾莎的形象都没有出现。

当他明白一切都已结束时，他的脑海里没有恐惧，只有愤怒：跨越了五十光年的宇宙，到头来却是这么个毫无英雄气概的下场。

就这样，在萨拉萨星的温暖浅海中，罗伦·罗伦森再度死去。两百年前的那次死亡没有让他学到什么，毕竟那一次要轻松多了。

第五部

慷慨号综合征

31

请 愿

瑟达尔·贝船长绝对不会承认自己的心里有一丝一毫的迷信，但每当事情顺利的时候，他总是会没来由地担心起来。到现在为止，萨拉萨星一直好得不像是真的，每件事都按照最乐观的计划进行着，冰盾的建造如期开展，别的工作也完全没有问题。

然而，就在过去的短短二十四小时之内……

不过话说回来，情况本可以更糟。罗伦森少校实在是万幸（这都多亏了那个孩子，回头得好好谢谢他），医生说，他当时的情况非常危急，再拖几分钟就会造成不可修复的脑部损伤。

船长意识到自己从手头的事务上分了神，心里有些恼火。他又看了一遍那封已经记熟的邮件：

舰载网络：日期不明，时间不明

收件人：船长

寄件人：匿名

长官：

我们几个船员在此提出一个建议，希望您认真考虑。我们建议飞船的任务在萨拉萨星终止。

任务的所有目标都能在萨拉萨星达成，实在不必再冒险前往萨根二。

我们明白，这会给当地的人口带来问题，但我们也相信，这个问题能够借由我们现有的技术解决，具体地说，我们可以用构造工程增加萨拉萨星的土地面积。

根据任务章程第14条第24(a)款，我们提请召开船员大会，尽快对这一事项开展讨论。

“马林纳船长，卡尔多大使，你们有什么看法？”

在船长那宽敞而简朴的办公室里，两位客人不约而同地朝对方望去。卡尔多以难以察觉的动作冲副船长微微点头，然后就端起一杯地主奉送的佳酿，故意缓缓啜饮起来，把说话的机会让给了对方。

副船长马林纳精通机械，在人际交往方面却不擅长，他看着打印稿，一脸不快的神情。

“至少措辞很客气。”

“但愿不是假客气才好！”贝船长显得不大耐烦，“猜得出是谁发的吗？”

“完全猜不出，排除我们三个人，剩下的嫌疑犯有一百五十八个。”

“是一百五十七个，”卡尔多在一旁插嘴，“罗伦森少校有充分的不在场证明——当时他死了。”

船长挤出一丝冷笑：“这也没排除掉多少人。那么博士，你有什么看法？”

卡尔多心想：看法是有的，我在火星上生活了漫长的两年，要我押注，我肯定押撒巴拉人，但这只是我的直觉，也可能是错觉……

“还没有，长官，但是我会睁大眼睛，一发现疑点就尽快报告给您。”

两位军官对卡尔多的地位一清二楚：他的头衔是顾问，甚至不用对船长负责，他在船上的角色最接近忏悔神父。

“如果得到了妨害任务的情报，卡尔多博士，我相信你是一定会告诉我的。”

卡尔多迟疑片刻，接着迅速点了点头。神父不是好当的，有时候会碰上个把来忏悔的杀手透露下一步作案计划，他可不希望自己也陷入这样左右为难的境地。

船长感到丧气：看来这两位是帮不上什么忙了，但对他们俩，他是充分信任的，也需要听听他们的意见。当然，最后拍板的人还是他。

“我是该回复邮件，还是该不予理会？两种做法都有风险，因为首先，邮件的内容可能不是认真的，或许只是哪个船员在烦躁时的信手涂鸦，那样就不必太当回事了。可如果对方是个齐心协力的小团体，那么开展对话还是有好处的，这不仅能缓和局势，还能让参与者自己冒出来。”对方冒出来之后再怎么做呢？船长自问：把他们都关起来？

“依我看，你该和他们谈谈，问题不会因为忽视自动消失。”卡尔多说。

“我也这么认为，”马林纳副船长附和，“但是我可以肯定一点：他们不会是引擎组或者动力组的人。我在那两组人刚毕业的时候就认识他们了，其中的几个认识得更早。”

卡尔多暗自嘀咕：我恐怕你要失望了，谁又能真正认识一个人呢？

船长站起身来：“非常好，这也正是我的决定。还有，以防万一，我看我最好还是去温习温习历史，我记得麦哲伦手下的船员也出过乱子。”

“的确出过，”卡尔多回答，“但我觉得，您肯定不用流放谁。”

他暗暗加了一句：也不用吊死哪个中校。然而现在不是重提那段历史的时候，那样就显得太过唐突了。

更唐突的是提醒贝船长（他是不可能不记得的！）：那位伟大的航海家还没等完成使命，就遭到了别人的杀害。

32

医务室

罗伦·罗伦森的这次复生没有经过精心准备，以至于这第二次苏醒不像第一次那么舒服。正相反，他感到难受极了，简直想当初就那么沉下去算了。

刚刚恢复知觉，他就后悔了：他的喉咙里插着管子，胳膊和腿上都连着导线。导线！他立刻想起被致命的缆线拽着下沉的感觉，心中随即涌起恐慌，但是他定了定神，克制住了情绪。

他马上又担心起了另一件事：他似乎不在呼吸，他感觉不到横膈膜的运动。这就怪了……哦，是他们没有通过肺部给我供氧。

监视器的变化肯定惊动了哪位护士，顷刻间，他的耳边就响起了软软的说话声，眼睛上方好像也罩上了一层阴影。但他的眼皮还是太沉，睁不开来。

“罗伦森先生，你恢复得很好。你什么都不用担心，几天后就能起身了——不，先别说话。”

我也不打算说，罗伦心想，我完全知道发生了什么。

耳边传来皮下注射器的轻微嗞嗞声，手臂上霎时掠过一阵冰凉，接着，他便再次陷入了恬静的沉睡之中……

再度醒来时，他感到大大松了口气：一切都和上次不同了，管子和导线全都不见了；他的身子仍然虚弱，但已经没有了不适感；而且，他还在以稳定、正常的节奏呼吸着。

“你好啊！”几米之外的一个男低音说道，“欢迎醒来。”

罗伦扭转脑袋，循声望去。模糊中，只见邻床上躺着一具缠着绷带的身影。

“你可能认不出我，罗伦森先生。我是比尔·霍顿上尉，通信工程师，前冲浪运动员。”

罗伦轻轻打了声招呼：“唔，你好啊，比尔，你是怎么进来的？”但这时护士来到床前，以一记精准的皮下注射终止了对话。

又经过几天的休养，他觉得自己完全恢复了，一心想着早点获准起床。医务总长玛丽·牛顿认为，要大致让病人了解自己的病情、病因，他们就算听不明白，也会因此保持安静，不至于对医疗机构的平稳运行造成太大的干扰。

她对罗伦说：“你或许感觉不错，可是你的肺还在自我修复，在它的功能完全恢复前，你还不能用力。要是萨拉萨星的海洋和地球上的一样，那你现在就什么事都没有了，但萨拉萨星海水的盐分要比地球低得多，能够直接饮用，你就喝了差不多一升海水，由于你的体液比海水咸，造成了等渗平衡紊乱，渗透压力导致相当大的细胞膜损伤。我们在船上的数据库里做了好几次高速搜索才找到治疗方案——毕竟在太空里，溺水可不常见。”

“我一定好好养病，”罗伦说，“也非常感谢你的治疗——只是，我什么时候能接待客人？”

“现在就有一个在外面等着，你们可以谈十五分钟，然后护士就会轰她走。”

“可别在意我，”比尔·霍顿上尉在一边插嘴，“我睡得可死了！”

33

潮涌

米蕾莎本能地感到不舒服，这当然都怪药片。但至少有一点让她觉得宽慰：这样的感觉最多再有一次了——那将会是在批准她生第二个孩子的时候（如果能批准的话！）。

想来不可思议：每一代女性都要用半生的时间忍受这每月一次的不适感。这种生理周期正好与地球唯一的卫星大致同步，这难道完全是巧合？想想看，如果这周期和萨拉萨星的两颗近地卫星同步，那会乱成什么样子！或许是件幸事吧：那两颗卫星引发的潮汐若有若无。一想到五天一周和七天一周的生理期撞在一起，她就感到既恐怖又滑稽，她不由得微笑起来，心情也一下子好了很多。

她用了几个星期的时间才想好怎么处理。她没有告诉罗伦，更没对布兰特说——他还在北岛忙着修理卡里普索号呢。要是他当初没有离开她，她现在还会这么踌躇吗？别看他平时气势汹汹，关键时刻却溜走了，连架都不打一场。

不，这么想是不对的，是原始的，甚至是没有人性的。然而本能并不容易消灭。罗伦曾经怀着歉意向她坦白：有几次，他梦见过自己和布兰特在走廊里相互追踪。

她不能责怪布兰特，反而应该为他骄傲。这不是懦弱，是尊重，去北岛是为了让他们都能找到各自的归宿。

她的决定不是匆匆作出的，她知道，这个决定一定在她的潜意识里徘徊了几周时间。罗伦的短暂死亡提醒了她（好像这还需要提醒似的！）：他们很快就要分别了。她知道应该在他飞向群星之前做些什么。每一个本能都告诉她，这么做是对的。

布兰特会有什么想法，什么反应？这也是她需要面对的诸多问题之一。

我爱你，布兰特，她轻声说道。我要你回来，我的第二个孩子将是你的。

但不是第一个。

34

舰载网络

真巧，欧文·弗莱彻心想，我居然和那位史上著名的哗变者[①]同名！我会是他的后代吗？我们算算：自从他们在皮特克恩岛上登陆，已经过了两千年，换个直观的算法，就是一百代人……

弗莱彻对自己的心算能力有种天真的自豪感，尽管他只能做初等的计算，但已经能让大多数人感到吃惊，受到震动了。几个世纪以来，人类都习惯了在计算“2+2”时按动按钮。在那些不懂数学的人面前，记住几个对数值和数学常数，往往就能

① 哗变者：指1789年的“慷慨号”哗变事件，船长威廉·布莱被大副弗莱彻·克里斯蒂安放逐。

营造更浓重的神秘感。当然了，他只挑自己能够应付的例子卖弄，再说也很少有人会费心去检查他算出的结果。

一百代人之前，那就是2的100次方；2的对数是0.3010，也就是说，一共有……我的奥林匹斯！一共有一百万亿亿亿人口！一定是哪里算错了，有史以来，地球上从来没生活过那么多人。当然了，这是家庭中不存在重叠的情况，而实际上，人类的家谱树肯定是互相交杂、无法厘清的，一百代之后，任何两个人都会有亲缘关系。虽然无法证明，但弗莱彻·克里斯蒂安肯定是我的祖先。

非常有趣，他边想边关掉显示器，古老的档案随之从屏幕上消失。可我不是哗变者，我是请愿者，我的请求完全合理，卡尔、兰吉、鲍勃都同意，华纳还拿不定主意，但他也不会出卖我们。要是能和其他撒巴拉人谈谈就好了！我想告诉他们：在他们沉睡之际，我们发现了多么美丽的一颗行星！

可现在，我得先回复船长的邮件……

贝船长本能地觉得不安：身为船长，居然不知道船员中有哪些人，甚至不知道有多少人，正在以“舰载网络”之名表达不满。发件人没有登录，因此无法追查。麦哲伦号上的邮件系统有保密设置，那些早已逝世的天才是为了维护船上的社会稳定才这么设计的。他曾经试探性地和首席通信工程师罗克林中校谈论过通信追踪的问题，但中校的反应非常震惊，他只好当即放弃了这个话题。

现在，他整天审视船员的面孔，捕捉他们的表情，倾听他们语调的变化，同时还要装作若无其事的样子。也许是他反应过度了，也许船上根本没出什么大事。可是他担心有人在船上播下了一颗种子，只要飞船还在萨拉萨星轨道上停留，这颗种子就会生根发芽，一天天地壮大。

在与马林纳和卡尔多商榷之后，他给对方回了封语气温和的邮件。

寄件人：船长

收件人：匿名

未标日期的来函已经收到。你们的提议我不反对：可以对这个事项展开讨论，利用舰载网络或者召开船员大会都行。

但是在心里，他是强烈反对的。将一百万人转移一百二十五光年是一项艰巨的任务，他成年后的几乎一半时间都在为此接受训练。这项任务就是他的使命，如果“神圣”这个词对他有任何意义，那么他一定会用它来形容这个目标。除非飞船遭受毁灭性损坏，或者萨根二的太阳即将化为新星（可能性很小），否则这个目标就不可能动摇。

可是现在，事态却起了明显的变化。或许，船员们就像威廉·布莱的手下那样，正在变得涣散，至少在变得松懈。上次的海啸对制冰站造成了轻微的损伤，修理用去的时间居然是平时的两倍。这是个典型的信号，说明飞船上的节奏正在慢下来。是的，到了该上紧发条的时候。

“琼，让我看看最近的冰盾组装报告，”他向三万公里下方的秘书下令，“还有，告诉马林纳副船长，说我想和他讨论一下起吊的日程。”

他不知道能否在一天内吊起一片以上的“雪花”。

但至少可以试试。

35

恢 复

霍顿上尉是位惹人发笑的病友，但是当他的断骨在电融流的作用下恢复时，罗伦还是很高兴能把他送走。这位年轻的工程师不厌其烦地陈述自己的遭遇，让他听得都有点累了：他和北岛的一群长毛帅哥勾搭上了，那群人第一喜欢男人，第二喜欢踩着小型喷射式冲浪板攀登垂直的海浪。在一次惨痛的失败之后，霍顿真正认识到了这项运动的危险。

一次，罗伦在霍顿那煽情的叙述中插进了一句："可真没看出来啊，我还以为你的异性恋指数有百分之九十呢。"

"心理评估说有百分之九十二！"霍顿乐呵呵地答道，"但我时不时喜欢玩点跨界。"

这话一半是在说笑。霍顿听人说过，在这方面达到百分之百的人很少，以至于被贴上了“病态”的标签。这个说法他并不相信，但他偶尔想到这个，还是会觉得有点担心。

霍顿走后，病房里就只剩下罗伦一个人了。他说服了萨拉萨星护士：他已经不需要日夜不停的看护，至少在每天米蕾莎来访时，她可以不用守在跟前。像大多数医生一样，医务总长玛丽·牛顿有时候坦率得叫人尴尬：“你还得过一个星期才能痊愈，如果你们一定要做爱，就让她主动。”

当然了，别的人还有许多，他对大多数人表示欢迎，只有两个除外。

瓦德伦镇长每次都逼迫小护士放自己进来，幸好，她的探病时间和米蕾莎的从不重合。镇长第一次来访时，罗伦假装病得奄奄一息，然而事实证明，这个策略简直是一场灾难，因为这样一来，他就绝对没法抵挡镇长那几下湿漉漉的爱抚了。第二次运气不错，有人提前十分钟给他报了信，镇长进来时，他正靠在枕头上坐着，意识完全清醒，但不知怎么搞的，当时的他正巧在接受呼吸功能测试，嘴巴里插了根呼吸管，一句话也不能说，镇长离开三十秒后，测试恰好结束。

布兰特也礼节性地拜访了一次，整个过程中双方都感到不自在，他们礼貌地交谈了几句，关于海蝎子，关于红树林制冰站，关于北岛的政坛……就是没说到米蕾莎。

罗伦看得出来，布兰特很担心，甚至有点尴尬，可他完全没想到对方会来道歉。在离开之前，布兰特终于说了对不起。

“你知道，罗伦，”他勉强地说，“那个浪头来的时候，我也没别的办法，如果保持原来的航线就会触礁。卡里普索号没能及时撤到深水区，这真是太糟了。”

罗伦怀着满腔真诚说：“我相信没人能比你处理得更好了。”

“呃……很高兴你能理解。”

布兰特明显松了口气。罗伦看在眼里，突然感到一阵同情，甚至还有些怜悯。或许是有人批评了他的航海技术。以布兰特对技术的自信，这个批评是不可容忍的。

“我听说他们把潜水器捞上来了。”

“没错，马上就会修好的，修完就跟新的一样了。”

“就跟我一样。”

两人瞬时心意相通，一起大笑起来。但就在这时，罗伦突然有了个阴暗的想法——

布兰特一定常想，要是库玛尔当时没有那么勇敢就好了。

36

乞力马扎罗

他为什么会梦见乞力马扎罗呢?

这是个奇怪的字眼,肯定是个名称,但它是什么的名称呢?

在萨拉萨星的灰色晨曦中,摩西·卡尔多静静地躺着,在塔纳镇的人声中渐渐醒来。其实这个时候,四周还没有太多声响,远处有台沙橇沙沙作响,可能是去海滩上迎接归来的渔夫。

乞力马扎罗。

卡尔多不是个自大的人,但是他怀疑在如今的人类中没有人能像他这样,读过数量如此庞大、内容如此芜杂的古代书籍。除了读书，他还接受过几万亿字节的记忆植入。尽管以那种方式输入的信息算不上真正的知识，但只要你记得住提取码，还是能派上用场的。

现在还没到提取的时候，他也不认为这件事有多么重要。但是他也知道：梦境是不能随便放过的。老弗洛伊德在两千年前说过的话，到现在还有它的道理。再说，反正也睡不着了……

于是他闭上眼睛，启动了“搜索”命令，静静等候。无数以乞力马扎罗的“K”打头的单词掠过脑海深处，闪过眼前，然而这纯粹是他的想象，搜索过程完全是在潜意识层面进行的。

紧紧闭合的眼皮下，光点在视网膜上闪出随机图案。接着，有什么东西从这些图案中涌现了出来。光线暗淡的混沌中魔术般地出现了一扇黑色窗口，窗口里出现了一串文字：

> 乞力马扎罗：火山名，地处非洲，高5.9公里。
>
> 首部太空电梯的终点站。

原来如此！但这说明了什么？他的大脑试图从这贫乏的信息中理出头绪。

或许，这和另外那座火山——克拉肯山有关？毕竟，后者近来常在他的脑海中出没。可这么说又太过牵强。再说，无论是克拉肯山，还是它那个咋咋呼呼的孩子，最近都没有喷发的危险。

首部太空电梯？那可是很久很久以前的事了。太空电梯的问世让人类能几乎不受限制地在太阳系内迁徙，它标志着行星殖民时代的开始。他们现在就在萨拉萨星上应用着同样的技术——用超高强度材料制成的绳索将巨大的冰块吊到赤道上空，运送到悬停在静止轨道上的麦哲伦号附近。

但是这件事同样和非洲的那座火山扯不上关系。卡尔多心想，答案肯定是别的什么。

看来直接搜索的方法得不出结果。要找到其中的联系（如果有这么个联系的话）就只有一个办法，那就是把疑问留给巧合，留给时间，留给人类潜意识的神秘机理。

他要做的，就是把乞力马扎罗尽量忘掉，等到最好的时机来临，它自然会从脑海里蹦出来的。

37

酒后吐真言

除了米蕾莎，最受罗伦欢迎，也最常来看望他的就数库玛尔了。库玛尔的外号叫“小狮子”，但在罗伦眼里，他更像是一条忠犬，确切地说，像是一条友善的小狗。塔纳镇上有几十条备受宠爱的狗，或许总有一天，它们也会在萨根二上重生，继续和人类的漫长交往。

罗伦已经听说这孩子在那片狂暴大海中的冒险行为了。库玛尔每次离开海岸时都会在腿上绑一把潜水刀，这对他和罗伦都是件好事。但就算这样，他还是在水下待了三分多钟，才把缠在罗伦腿上的缆线锯断。那时，卡里普索号的乘客都以为两人已经淹死了。

这件事以后，两人就被一条纽带联系在了一起，然而罗伦还是觉得没法跟库玛尔深谈什么，毕竟，表示“谢谢你救了我”的说法也就那么几种。加上两个人的背景截然不同，实在没有什么彼此都能理解的话题。他要是跟库玛尔说地球或麦哲伦号，就得不厌其烦地解释每一个细节。他常常说了一阵就意识到自己再怎么解释也是白搭：库玛尔和他姐姐不一样，他的世界里只有直接经验，在他眼里，重要的只有萨拉萨星上的此时此地。卡尔多曾经感叹：“我可真羡慕他啊！他是为今天而活的生灵，不被过去纠缠，也不为将来担忧！”

罗伦希望这是他在医务室度过的最后一夜了。就在他刚要睡觉时，库玛尔到访，手里还得意扬扬地举着个大瓶子。

“猜猜是什么？”他说。

“不知道呀。”罗伦假惺惺地说。

“是这个季节的第一瓶葡萄酒！克拉肯那儿来的。他们都说今年收成很好。”

“你是怎么知道的？”

“我们家在那边有个葡萄园，已经一百多年了。我们的‘狮子牌’在这颗行星上可是顶有名的。”

库玛尔这儿看看，那儿翻翻，终于找到了两只玻璃杯，在里面都倒满了酒。罗伦小心翼翼地抿了一口，觉得味道偏甜，但口感非常平滑。

他问库玛尔："这酒叫什么？"

"克拉肯特藏。"

"克拉肯差点要了我的命，我还要冒这个险吗？"

"喝了这个，早上一点也不会有宿醉反应。"

罗伦又多喝了一点。玻璃杯一会儿就空了，时间短得出奇。在更短的时间里，杯子又重新斟满。

用这个法子度过住院的最后一夜着实不坏。渐渐地，罗伦感觉自己对库玛尔的感激之情弥漫开来，扩散成了对整个世界的感激，就算瓦德伦镇长在这时候到访，他也不会觉得讨厌了。

"对了，布兰特怎么样？我已经一个星期没见他了。"

"还在北岛上呢，修修船，和海洋生物学家聊聊天。大家都对海蝎子的事很兴奋，但是都不知道该拿它们怎么办。"

"你知道，我对布兰特也是这个感觉。"

库玛尔哈哈大笑。

"你就别担心啦，他在北岛上找了个姑娘。"

"哦？米蕾莎知道吗？"

"当然知道。"

"她不介意？"

“介什么意啊？布兰特是爱她的，再说他迟早要回来的。”

罗伦回味着这句话，渐渐懂了：自己是一个复杂等式中新加入的变量。那么，米蕾莎还有别的情人吗？他真的想知道吗？要去问她吗？

“总之，”库玛尔在两个杯子里倒满酒，继续说道，“关键在于，他们的基因图谱已经得到批准，而且已经登记了一个儿子了。孩子一出生情况就不同啦，到那时候他们就只需要对方了。在地球上不是这样的吗？”

罗伦答了句：“有的人是。”这么说库玛尔还不知道，那还是米蕾莎和他之间的秘密。

至少，我还能见到我的儿子，尽管只有几个月的时间。而在那之后……

两行眼泪顺着脸颊流了下来，他不由得感到一阵恐惧：上次哭是什么时候？是两百年前吧，当时的他正望着燃烧的地球……

“你怎么了？”库玛尔问，“想你妻子了？”这个问题问得过于直率，它打破了两人之间的默契，触及了和此时此地无关的话题，但库玛尔的关切显得如此真诚，叫人没法对他生气。在罗伦看来，无论是两百年前的地球，还是三百年后的萨根二，都离萨拉萨星太远了，远得让他的情感无从把握，尤其是在当前这个令人困惑的处境里。

“不是的，库玛尔，我不是在想……我妻子。”

“你，唔，会跟她说米蕾莎的事吗？”

“可能会，也可能不会，我真的不知道。我好困啊，我们把整瓶都喝光了吗……库玛尔？库玛尔！”

护士在半夜进来查房，她看了看床上，然后憋着咯咯笑，给两人掖好了被子，好让他们不至于从床上掉下来。

先醒来的是罗伦。

他看了看身边，先是猛吃了一惊，接着便大笑起来。

“你笑什么呀？”库玛尔坐起身子，睡眼惺忪。

“真要我说吗？我是在想，米蕾莎见了我们这样会不会嫉妒？”

库玛尔咧开嘴，露出一脸坏笑：“我可能是有点醉，但是我很清楚，咱们俩什么都没干。”

“这个我也清楚。”

他突然意识到他爱库玛尔——不是因为他救了自己的命，也不是因为他是米蕾莎的弟弟，仅仅因为他是库玛尔。这种爱和性完全无关。不过就算拿性来说事，两人也不会觉得尴尬，反而会乐不可支。还是像这样最好吧。塔纳镇上的生活已经够复杂了。

“你昨晚说得对，”罗伦接着说，“喝了克拉肯特藏，今早一点儿都不觉得难受，正相反，我的精神好得很！你能送几瓶到飞船上吗？最好能送个一两百升。”

38

辩 论

这是一个简单的问题，但它的答案可不简单。如果连麦哲伦号的使命都要投票决定，那会对船上的纪律产生什么影响？

当然了，投票的结果没有约束力，如有必要，他随时都能推翻。如果多数船员都赞成留下（他认为绝不可能），他就不得不出手了。但这样一个结果会对船员的心理造成毁灭性的打击，他们会分裂成两派，接下来的发展他不愿多想。

不过话说回来，指挥官固然要坚定不移，却又不能顽固不化。那个建议还是很有道理的，也很有吸引力。就说他自己，他就很享受总统的好客，也很想和那位女子十项全能冠军再见上一面。这是一颗美丽的行星。他们或许能加速这里的板块构造，让多出来的几百万人也有地方住，那么做肯定要比去萨根二殖民简单……

说到萨根二，他们可能永远也到不了那儿。飞船的操作可靠性虽然高达百分之九十八，但太空中总会有无法预知的外部危险：在所有船员中，只有他的几个心腹知道冰盾在大约四十八光年处损坏的事。当时的那颗星际陨石（或是别的什么东西）要是再飞近几米，那就……

有人说，那可能是地球在古代发射的一枚太空探测器，但这个可能性实在小得出奇，再说这个假设也不可能验证。

现在，这几位匿名的请愿者已经自称“新萨拉萨星人”了。贝船长不禁寻思：这是不是说明他们的人数已经很多？他们是不是已经结成了政治同盟？如果真是那样，那么最好的对策就是让他们尽快暴露。

是的，到了召开船员大会的时候了。

摩西·卡尔多的反对迅速而有礼。

“不行，船长，我不能参加辩论，赞成和反对都不能，否则船员就不会再相信我是中立的了。不过我很愿意当个主席，或者主持人——您愿意怎么称呼都行。”

“没问题，”贝船长爽快地答应了，他心里盘算的就是这个，“那么，谁来提出动议呢？我们可不能指望这些新萨拉萨星人公开发表自己的观点。”

“我倒希望能直接投票，不要辩论或者讨论什么的。”副船长苦着脸说。

贝船长私下觉得也该如此，但这是一个民主社会，船员都是受过高等教育、能够承担责任的人，飞船章程也认可了这一点。新萨拉萨星人要求在大会上公开他们的观点，他要是拒绝，那就是辜负了自己的委任状，辜负了两百年前在地球上赋予他的信任。

召开船员大会并不容易：每个人都要无一例外地获得投票权，日程和轮值表要修改，睡眠时间也得打乱。再加上半数船员目前都在萨拉萨星上，这就带来了一个前所未有的问题，那就是保密。无论会议的结果如何，都绝对不能让萨拉萨星人听到……

于是，在会议开始时，罗伦·罗伦森一个人待在塔纳镇的办公室里，还破天荒地锁上了门。和上次一样，他戴上了全景夜视镜，但这一次他不再是置身水下森林，而是登上了麦哲伦号，进入了熟悉的报告厅，来到一张张同事的面孔中间。他移动视野，眼前出现了一块屏幕，再过一会儿，屏幕上就会显示与会者的评论和意见。现在上面只有一条简短的消息：

表决：鉴于麦哲伦号的初始目标均能在萨拉萨星上得到实现，建议其任务就此终止。

罗伦环顾四周的与会者，心想摩西应该也上船了，不知道最近为什么没见到他……看到了，他看起来很疲惫，船长也是。形势或许比我想象的还要严峻……

卡尔多迅速敲了敲桌子，提醒大家注意。

“船长，各位长官，船员们：这是我们第一次召开船员大会，但各位想必都了解议程。如果哪位想要发言，就请举手表明身份。如果想要提交书面声明，就请在键盘上发送。各位的地址都作过处理，以确保匿名。无论采用何种方式，都请尽量保持发言的简短。

“如果没有问题，我们现在就开始讨论第001条。”

新萨拉萨星人后来又加了几条理由，但归纳起来还是两周前让贝船长震惊的第001条。在这两周里，他也尝试过确定起草人的身份，但是没有取得任何进展。

后来加上的理由中有一条最具说服力，那就是留在萨拉萨星上是船员的责任，萨拉萨星人需要他们，无论技术、文化、基因，都是如此。罗伦听了有些心动，但也表示怀疑。他心想：无论如何，我们都该先问问萨拉萨星人的意见，我们可不是什么老牌帝国主义者……或者，我们就是？

过了一会儿，每个人都读完了备忘录，卡尔多又敲了敲桌子，提醒大家注意。

“迄今为止，还没有人……呃……主动要求阐明动议，当然了，待会儿还有机会。因此，我先请艾尔加上尉阐述反对意见。”

雷蒙德·艾尔加是个动力和通信工程师，罗伦和他不熟。这个年轻人有想法，在音乐方面也富有才华。他自称正在创作一部关于这次航行的史诗，别人听了不信，要他怎么也得出示一句，但他每次都说：“等到萨根二元年再说吧。”

艾尔加这次自愿担当反对派（如果真的是他主动提出的话），原因很清楚：他演说起来文辞优美，几乎不可能去干别的。或许他真的在创作那什么史诗。

“船长，各位同仁，请借诸位的耳朵一用。”

罗伦心说，这句开场白不错，不知道是不是他的原创？

“我想，诸位的心灵和头脑都一致认为，在萨拉萨星上留下的想法十分诱人。但是，请诸位考虑三个问题：

“首先，在座的只有一百六十一人。区区这个数字，是否有权代表尚在沉睡的百万同仁，作出不可撤销的决定？

“其次，萨拉萨星人又会如何应对？有人说，我们留下就是对他们的裨益。但是果真如此吗？他们在自己的生活方式中如鱼得水。再看看我们的背景、我们所受的训练、我们在百年前决定为之献身的目标。诸位真的认为，我们这一百万人能够融入萨拉萨星社会，而不是将其完全搅乱吗？

“最后说说职责。我们的任务能够成功，是好几代男女为之牺牲的结果。我们的目标，是让全人类获得更好的生存机会。我们到达的恒星越多，对灾难的免疫就越强。诸位已经目睹了萨拉萨星火山的威力，谁知道在未来的几个世纪，这里还会发生什么？

“有人圆滑地说：我们可以用构造技术创造新的陆地，让新增人口得以栖身。但我想提醒大家一点：即便是在地球上，在经过了数千年的研发之后，构造工程仍旧不是一门精确的科学。诸位都还记得3175年的纳斯卡板块灾难吧！插手萨拉萨星内部蕴藏的力量，我不知道有什么比这更鲁莽的了。

“好了，别的不必多说，在这件事上只能有一种态度。我们必须让萨拉萨星人自己决定萨拉萨星的命运。我们必须前往萨根二。”

掌声渐渐响起，罗伦丝毫不觉得意外。关键是谁没有鼓掌？根据他的判断，鼓掌和没鼓掌的人大约各占一半。当然了，有些人鼓掌是因为艾尔加的演说富有感染力，并不代表同意了他的观点。

“谢谢，艾尔加上尉，”大会主席卡尔多说，“我们尤其感谢你的简洁。那么，有哪位愿意阐述相反的观点？”

会场中出现一阵不安的骚动，接着便鸦雀无声。

至少过了一分钟，什么动静都没有。然后，屏幕上出现了字句。

002：可否请船长公布任务的成功概率？

003：何不唤醒一定数目的休眠船员，使其代表其余休眠者发表意见？

004：干吗不问问萨拉萨星人的看法？这是他们的行星。

在完全保密、绝对中立的情况下，计算机将与会者输入的文字储存，编号。在过去两千年里，这都是收集民意、获得共识的最好办法。在飞船上和下面的萨拉萨星上，男女船员们在小型单手键盘的七个键上五指翻飞，输入他们的疑问。不假思索地打出所有必要的组合，大概是地球上所有孩子学会的第一个技能。

罗伦的视线扫过听众，他发现了一件趣事：差不多每个人都把双手放在明处，没人一脸心不在焉的样子，这说明没人在隐藏的键盘上发私信。但不知怎么回事，许多人都在交头接耳。

015：双方各退一步如何？让想留下的人留下，飞船继续起航。

卡尔多再次敲桌。

“这不是我们讨论的议案，”他说，“但电脑会记下。”

贝船长差点忘了要获得主席的同意才能发言。在卡尔多点头示意后，他开口说道：“现在回答002号发言，任务成功的概率是百分之九十八。也就是说，我们到达萨根二的概率，可能比北岛或者南岛不被淹没的概率还高。”

021：除了他们无能为力的克拉肯山之外，萨拉萨星人没有遭遇过任何严峻的挑战，或许我们该给他们留点儿。KNR

“KNR”是……对了，是金斯利·拉斯穆森。看来他是不想匿名。不过他表达的想法，在座的人多少都想过。

022：我们已经建议他们修好克拉肯山上的深空天线，以便和我们保持联系。RMM

023：工程最多用十年。KNR

“先生们！”卡尔多有点不耐烦了，“我们跑题了！”

罗伦心想：我有什么可说的吗？不，我还是不参加辩论了。这里的许多观点我都理解。总有一天，我会在职责和幸福之间作出选择，但不是现在，不是现在……

屏幕上的消息停止了更新，卡尔多等了整整两分钟，最后说道：“我很意外，这么重要的事，居然没有人再发表意见了。”

他耐心地等着，又过了一分钟。

“很好，各位或许是想用非正式的方式继续讨论。我们现在暂不投票，但在未来的四十八小时内，各位还可以用常规的方式发表意见，谢谢。”

他扫了一眼贝船长。船长迅速站起身来，动作十分敏捷，说明他着实松了口气。

“谢谢，卡尔多博士，船员大会到此结束。”

然后，他一脸焦虑地望着卡尔多。后者正凝视着屏幕，仿佛刚刚才看到它似的。

“你没事吧，博士？”

“抱歉，船长。我就是刚刚想到了一件重要的事情而已。”

他说的是实话。在千万次感叹之后，他又一次为迷宫般的潜意识所折服。

打开记忆大门的是021号发言：“萨拉萨星人没有遭遇过任何严峻的挑战。”

这下，他知道自己为什么梦见乞力马扎罗了。

39

雪山上的豹子

抱歉，伊芙琳，有好多天没来和你说话了。难道说，当我的精力和注意力越来越多地被未来吸走，你在我心目中的形象也在渐渐淡化吗？

我想的确是这样，从逻辑上说，我欢迎这个结果，你也曾常常提醒我，过分地沉溺于过去是一种病态。但是在心底里，我还是接受不了这个苦涩的事实。

这几个星期发生了许多事。首先是船员们得了我所谓的“慷慨号综合征”。这件事我们早该预见到的，实际上也的确预见到了，只是当时把它当作了玩笑。现在玩笑成真，问题严重了，我希望还不至于太严重。

有部分船员想要留在萨拉萨星上，也坦白了自己的想法，这一点无可非议。还有部分船员想在此地终止任务，忘掉萨根二。我们暂时还不知道这股势力有多强大，因为它还没有走到明处。

在召开船员大会的四十八小时后，我们投了票，结果是一百五十一票支持继续前进，只有六票支持在此地终止任务，还有四名船员没有表决。投票是秘密进行的，但我不知道这个结果到底有多可信。

贝船长对于结果很欣慰。他认为局势已经得到了控制，但还是得采取点预防措施。他明白，我们在这里待得越久，就越难离开。他不在乎有几个逃兵，按他的说法，“他们要是想走，我也不打算挽留”。但是他担心，这种不满情绪会在船员中间蔓延开来。

所以，他已经下令加速建造冰盾。建造工作已经完全交给机器，运行得十分顺畅，本来是每天起吊一片“雪花”的，现在准备增加到两片。如果这个方案可行，那我们再过四个月就能启程了。新方案还没公布，希望公布之后，那些新萨拉萨星人什么的别出来抗议才好。

我还想说一件事，它可能一点都不重要，但是在我看来很有意思。你记得吗？我们刚认识那会儿常给对方念故事听。要了解几千年前的人的生活和想法，这是一个绝好的法子，因为那时候还没感官记录，连视觉记录都没有……

有一次，你给我念了个故事——对这个故事，我已经没有任何有意识的记忆了。它说的是非洲的一座大山，山的名字很奇怪，叫“乞力马扎罗”。我在飞船的数据库里查了一下，终于明白自己为什么老是想起这座山了。

在这座大山的高处，超出雪线的部分，有一个山洞，洞里有具尸体，那是一种大型猫科猎食动物，一只豹子。这件事是一个谜：谁都不知道，这豹子为什么要到海拔这么高、离开自然栖息地这么远的地方来。

你知道，伊芙琳，我对自己的直觉一向很自豪，好多人还说我自负呢！总之，我觉得在这里正上演着什么类似的事情。

而且不止一次。这儿有一种硕大、强健的海洋生物，它好几次跑到离自然栖息地很远的地方，被我们发现，不久之前，我们还捕获了第一只个体。那是一种巨大的甲壳动物，就像曾经生活在地球上的海蝎子。

我们不知道它们到底有没有智能，可能这个问题根本就没有意义，但是有一点可以肯定：它们是组织严密的社会性动物，还掌握了原始的技术——好吧，说“技术”可能有点夸大。就我们目前掌握的情况来看，它们的能力并不比蜜蜂、蚂蚁或白蚁更强，但它们的行动规模要大了许多，令人难忘。

最重要的是，它们已经发现了金属，尽管暂时只当作装饰品使用，原材料也全是从萨拉萨星人那儿偷来的。它们已经偷了好几回。

就在最近，一只蝎子沿着管道爬进了我们的制冰站，一直爬到了最核心的部位。表面上看，它这是在觅食，但是在它那个五十公里之外的栖息地，食物却非常充裕。

我想知道，这只蝎子为什么要跑到离家这么远的地方来？我有种感觉：问题的答案或许对萨拉萨星人非常重要。

飞船很快就要前往萨根二了，不知道我们能否在那漫长的休眠之前找到答案。

40

交 手

走进法拉丁总统办公室的那一刻，贝船长就感觉到了不对劲。换作平时，艾德加·法拉丁总是直接叫他“瑟达尔”，还会立刻取出酒杯。可是这一次不同，没有亲切的称呼，也没有酒，但椅子还是有的。

“贝船长，我刚刚听说了一件事，觉得很不安。你不介意的话，我想请首相也过来一起说话。”

船长这还是头一次见到总统直奔主题，不知道他要说的究竟是什么。这也是他头一次在总统办公室里会见萨拉萨星的首相。

“总统先生，既然如此，我想请卡尔多大使也参加会谈。”

总统迟疑了片刻，然后说了声“当然可以”，脸上露出一丝微笑，船长见状稍稍松了口气：这代表对方也认可这个外交上的细节——客人的头衔可以比主人低，但数目不能比主人少。

在萨拉萨星上，伯格曼首相才是在幕后掌握实权的人物，这一点贝船长完全清楚。此外，首相的背后还有内阁，内阁的背后还有《杰斐逊·马克三号宪法》。在过去的几个世纪内，这个政体一直运行良好，但是贝船长有种不祥的预感，觉得它马上就要经历大的动荡。

这时的卡尔多正被总统夫人当成小白鼠，试验她的总统府装修方案，船长的提议把他解救了出来。几秒钟后，首相也出现了，脸上照例是一副深不可测的表情。

四人落座，总统环抱双臂，靠在他那张华丽的转椅里头，用责备的目光盯着两位客人。

“贝船长，卡尔多博士，我们得到了一条十分令人不安的消息，想在这里向二位求证一下，听说你们准备在这里结束任务，不去萨根二了？”

听到这句问话，贝船长心里的大石头落了地，紧接着他就感到恼火：一定是有人走漏了消息。他一直希望把请愿和船员大会的事对萨拉萨星人保密，现在看来是太不切实际了。

“总统先生，首相先生，如果这个消息是二位听来的，那么我在此保证，这纯粹是无中生有。不然的话，我们又何必每天把六百吨冰块吊上太空，重建我们的冰盾呢？如果我们想留在萨拉萨星，就没必要这么兴师动众了吧？”

“或许是这样，可就算你们改变了计划，也不会停下手头的工程吧，因为那样就会惊动我们。”

这句迅速的反驳让船长吃惊了片刻，看来他低估这些和蔼的人了。但接着他就明白了：他们肯定已经用计算机分析了所有明显的可能性。

“您说得很对，但我还想告诉您一件事——这是机密，还没公开——我们计划把起吊的速度加倍，提前完成冰盾的组装。也就是说，我们非但不想留下，反而打算早走。这个计划，我本来打算在更愉快的场合向您透露的。”

这下，连首相都掩饰不住惊讶了，总统则根本不打算掩饰。

没等两人回过神来，贝船长就发起了反攻：“总统先生，公平起见，您可否提供指责我们的证据？不然的话，要我们怎么反驳呢？”

总统看了看首相，首相看了看两位客人。

“这恐怕办不到，因为这会暴露我们的情报来源。”

“那样事情就僵了，我们在离开之前都没法向你们证明什么了——根据修改后的日程，我们将在一百三十天后启程。”

现场鸦雀无声，每个人都在沉思，气氛阴沉沉的。最后，卡尔多轻声说："我能和船长私下谈谈吗？"

"当然可以。"

两人离去之后，总统问首相："他们说的是实话吗？"

"卡尔多不会撒谎，这一点我可以打包票。不过话说回来，也可能是他对整件事不了解。"

没等两人说几句，被告就回来和原告见面了。

"总统先生，"船长说，"卡尔多博士和我一致认为，有一件事应该向二位透露。我们本来想保密的，因为事情很尴尬，而且我们原本以为它已经解决，现在看来，也许是我们想错了，如果真是那样，我们可能就需要你们的帮助。"

他简要地说了说船员大会和大会召开的由头，最后说道："您要是愿意，可以查看我们的会议记录，我们对您一切公开。"

总统露出一副如释重负的表情："那就不必了，瑟达尔。"可首相还显得忧心忡忡。

"唔……稍微等会儿，总统先生，这并没有否定我们的情报，你知道，它们可是很有说服力的。"

"这个嘛，船长先生肯定能作出解释。"

"可是您得先告诉我情报的内容。"

现场又是一阵寂静，接着，总统朝酒杯的方向走去。

“我们还是先喝一杯吧，”他乐呵呵地说，“然后我跟你说说我们是怎么知道的。”

41

枕边对话

欧文·弗莱彻告诉自己，事情进展得相当顺利。

当然了，他对投票结果感觉失望，但他也怀疑那是否能反映船上的真正民意。他事先让两个同伙投了否决票，因为他生怕新萨拉萨星人那点儿可怜的势力会暴露。

下一步计划照例是个问题。他是工程师，不是政客，尽管现在正大步朝那个方向迈进。除了表明立场之外，他实在想不出什么寻求支持的法子。

这样一来，就只剩下两个方案了，比较简单的一个是做逃兵，只要在临近发射时不到船上报到就行了。到那时候，贝船长一定忙得不可开交，就算想抓他们也有心无力。再说，萨拉萨星上的朋友会把他们藏起来的，直到麦哲伦号升空为止。

但是那样就意味着双重背叛，在紧密团结的撒巴拉人社区里，过去还从未听说过这样的事。他将要抛弃还在休眠的同伴，其中包括他的亲生弟弟和妹妹。三百年后，他的同胞将会登上环境恶劣的萨根二，到时候他们就会了解事情的经过：那个欧文，他本可以向所有人打开乐园的大门，结果却一个人留下来独自享受。到时候，他们会怎么看他？

时间不等人了。船上的计算机已经在模拟加速起吊的情况，这只能说明一件事。尽管还没有和朋友们商量过，但他已经下定决心，准备行动了。

但是，对于“破坏”这两个字，他的内心却始终不敢正视。

露丝·奇莉安从来没听过“黛利拉”[①]这个名字，否则，在听到别人把自己和她相比时，她一定会吓坏的。露丝是个简单得有点天真的北岛姑娘，像萨拉萨星上的所有年轻人一样，她被魅力十足的地球访客给迷住了。对她而言，和卡尔·鲍斯莱的恋情是她有生以来第一次刻骨铭心的情绪体验，对鲍斯莱来说也是一样。

① 黛利拉：《圣经》中出卖大力士参孙的女性。

一想到分别，这对情侣就悲痛万分。一天深夜，露丝伏在卡尔肩上痛哭，卡尔见状实在忍不住了。

“答应我，对谁都别说，”他抚摸着她垂在自己胸膛上的秀发说，“我有个好消息要告诉你，但这是个天大的秘密，现在还没人知道：飞船不走了，我们要留在萨拉萨星上。”

露丝惊讶得差点从床上掉下来。

“你不是为了安慰我才这么说的吧？”

“不，我说的是真的。但这个消息你一个字都不能对外人说，必须完全保密才行。”

“一定保密，亲爱的。”

然而，露丝的好朋友玛丽安也在为她的地球情人哭泣，所以还是得告诉她……

……玛丽安又把好消息告诉了宝莲……宝莲忍不住又告诉了斯韦特拉娜……斯韦特拉娜又对克丽丝多说了。

而克丽丝多就是总统的女儿。

42

幸存者

这件事可真扫兴，贝船长心想。欧文·弗莱彻是个好人，他能上这条船是经我批准了的，他怎么能做出这种事呢？

答案可能不止一个。如果弗莱彻不是个撒巴拉人，又没有爱上那个当地姑娘，事情或许就不会这样了。那个形容“一加一大于二”的词是什么来着？协……啊对了，是“协同”。但是船长也不由得心想：事情大概没这么简单，大概还有什么他或许永远不会知道的隐情。

他想起了卡尔多的一番话。无论遇到什么情况，卡尔多总有一番说辞。有一次两人谈到船员的心理，卡尔多这么对他说：“船长，不管承不承认，我们都是有心病的人。只要像我们一样经历了地球的最后几年，没人可能不受影响。我们的心里都有负罪感。”

“负罪感？”他当时觉得又惊讶，又不服气。

“是的，负罪感，尽管这不是我们的错。我们是幸存者，是唯一的幸存者，而幸存者都会为自己的幸存感到内疚。”

这个结论令人不安，但它或许能解释弗莱彻的行为，解释许多其他事情。

我们都是有心病的人。

摩西·卡尔多，我不知道你的心病是什么，也不知道你是怎么应付的。但我知道我的心病，我曾经利用它来造福人类，是它造就了今天的我，它让我觉得自豪。

如果出生在早一点的时代，我可能会成为独裁者或是军阀。但是在我出生的时代，我的才能却得到了恰如其分的运用，先是当了大陆警察局的局长，然后是太空建造计划的统帅，最后是一艘星舰的指挥官。就这样，我对权力的迷恋成功地升华了。

想到这儿，他朝着船长保险柜走去。保险柜的钥匙携带密码，他手上的是唯一的一把。他把钥匙插进锁孔，柜门平滑地开启，露出柜子里的东西：各种卷宗、奖章奖杯，还有一只小小的、扁扁的木盒，上面镶着银色的字母“S.B.”[①]。

把盒子拿出来放到桌上的时候，他感到下腹升起了一股熟悉而愉快的热流。他打开盒盖，俯视着这柄象征力量的器械软软地搁在天鹅绒坐垫上。

在人类历史上，曾经有数百万人有着和他一样的病态嗜好。这东西在正常情况下没有什么害处，在原始社会甚至是件宝物。它曾经许多次改变历史的轨迹，有的好，有的坏。

“我知道你是生殖器的象征，”船长对着它窃窃私语，“可你也是一把枪。我从前就用过你，以后还能再用。”

记忆的片段只持续了几分之一秒，却又长得仿佛过了好几年。回忆结束时，他仍然站在办公桌前。刚刚的一刹那间，心理治疗师兢兢业业的工作全部失效，记忆的大门再度敞开。

他怀着恐惧，也怀着惊奇，回顾着地球的末日，在那混乱的几十年中，人性中最善和最恶的一面统统暴露无余。他回忆起了年轻时在开罗担任警官的日子，那是他第一次下令对暴动的群众开枪。发射子弹的初衷只是平息暴民的骚动，但最后还是有两个人意外身亡。

他们是为什么暴乱来着？他从来就没搞清楚过。最后的那

① S.B.：船长瑟达尔·贝（Sirdar Bey）的简称。

几十年是各种政治运动和宗教运动风起云涌的年代，也是超级罪犯横行无忌的年代——他们反正没什么可损失的，也看不到将来，所以什么风险都敢承担，其中的一些人是精神变态者，但也有几个堪称天才。他想起了约瑟夫·凯德：那个人差点偷走了一艘星舰，事发后下落不明。有几次，贝船长的心中会冒出一个噩梦般的念头：假如在船上休眠的人当中，有一个其实是……

在那个年代，当局强制人民节育，到了3600年之后更是全面禁止生育。所有的社会资源都集中起来研发量子引擎，并建造麦哲伦号这一级别的飞船。这一切的一切，加上对地球即将毁灭的认识，让地球人的神经紧绷到不行，有人居然能在那种气氛下逃出太阳系，在现在看来简直是一个奇迹。贝船长还记得，直到最后关头，还有人在为自己永远不可能知道成败的事业鞠躬尽瘁。一想到他们，他的崇敬和感激之情就油然而生。

他还记得地球的最后一届总统伊丽莎白·温莎，记得她如何带着疲惫而骄傲的神情结束对飞船的巡视，返回一颗只剩下几天寿命的行星。她自己的寿命比行星更短——她的座驾在返回卡纳维拉尔港着陆之前，在半空爆炸了。

他现在想到这事还觉得毛骨悚然：那枚炸弹是为麦哲伦号准备的，飞船之所以幸免，完全是因为犯事分子算错了时间。

事发之后，两个互相敌对的教派争相表示负责，想来也够讽刺的……

其中一派的领袖是乔纳森·考德威尔，他的信徒虽然日益稀少，但仍旧极为活跃，他们声嘶力竭地宣称，一切都会好起来，这只是上帝在考验人类，就像他曾经考验约伯那样，虽然太阳经受了种种劫难，但它马上就会恢复正常的，而人类也将获得救赎，除非有人不信主的仁慈，惹怒了主，主才有可能另作打算……

与之针锋相对的是神意派，这一派认为末日终将降临，我们不该逃避，反而要欢迎它的到来，因为末日审判之后，那些值得拯救的人就会在极乐中获得永生。

这两派人马从完全相反的假设出发，最终却得出了同样的结论：人类不该逃避自己的命运，所有的星舰都要一律摧毁。

也许是人类的幸运：两个教派之间的敌意实在太盛，就算目标相同都没法好好合作。温莎总统遇难之后，两派的分歧最终发展成了暴力内讧。当时流传着一个说法：炸弹是神意派的人放的，但是被考德威尔派的人动了手脚。这个流言十有八九是由世界安全局散播的，但贝船长问过同事，他们均矢口否认。与此相反的说法也流传甚广，两者还说不定真有一个是对的。

这些都已经是陈年旧事了，除了他之外，只有少数几个人知道，而且马上就会被淡忘。可历史就是这么奇怪：时隔多年，麦哲伦号又一次遭到了破坏的威胁。

和神意派或考德威尔派不同，撒巴拉人手段高明，而且没有被派系纷争冲昏头脑。正因为如此，他们可能更具威胁，但是贝船长知道该怎么应付。

他在心里冷冷地说："欧文·弗莱彻，你是个好人，但我杀死过比你更好的人。如果没有更好的办法，就算用刑我也在所不惜。"

与此同时，他也感到相当骄傲：他毕竟从来就没喜欢过这么干，而且这一次，更好的办法还是有的。

43

审讯

麦哲伦号上有了位新船员，他不久前刚从休眠中醒来，现在还在适应眼前的局势，这一点就跟一年前的卡尔多一样。唤醒船员的行动只有在紧急情况下才能实施。根据计算机里的船员记录，最佳的人选是前地球调查局的首席科学家马库斯·斯坦纳，只有他才具有飞船目前所需的知识和技能，不过唤醒他实属迫不得已。

在地球上时，朋友经常问他为什么会成为犯罪学教授，斯坦纳每次都作同样的回答："否则我只会成为罪犯。"

斯坦纳在医务室的那台脑电仪上做了些调试，又检查了一下计算机程序，这两件工作花了差不多一个星期。其间，四个撒巴拉人都在卧舱里关禁闭，个个都坚决否认对自己的指控。

看到为自己准备的器械，欧文·弗莱彻的脸色阴沉下来：这东西和电椅太像了，而且他一看就想起地球那血迹斑斑的历史中的各式刑具。斯坦纳博士不愧为优秀的审讯员，他先用一脸虚假的和蔼让犯人定下心来。

“不必紧张，欧文，我保证你什么感觉都不会有，连自己回答了什么都不会知道，不过，隐瞒也是没有用的。你是个聪明人，我这就把要做的事全都告诉你，你可能觉得意外，但告诉了你反而有利于我的工作。你喜欢也好，不喜欢也好，你的潜意识都会信任我并和我合作的。”

弗莱彻心想，简直是胡说八道，他不会以为我有这么好蒙吧？但是表面上，他一个字都没说，而是坐在椅子里，看着勤务兵把皮带松垮垮地绕上了自己的前臂和腰部。他不打算反抗。他的两个最强壮的前同事站在远处，表情很不自在，小心翼翼地避开他的目光。

“想喝水或者上厕所就说一声。第一轮审讯正好是一小时，以后可能还得来两次短的。我们想让你放松，让你舒服。”

在这当口，这两个诉求显得太乐观了一点，但现场似乎没有人觉得好笑。

“抱歉给你剃了头，头皮上的电极不喜欢毛发。你的眼睛也得蒙上，这样就不会接收到模棱两可的视觉信号了……好了，接下来你会觉得犯困，但你的意识还是清醒的……我们会问你一系列问题，答案只有三种：是，不是，不知道。你完全用不着开口，你的脑会自动作答，然后由计算机上的三值逻辑系统读出答案。

“撒谎是绝对不可能的，你要是愿意就随便试。我实话对你说，这机器是地球上几个最聪明的人设计的，但是就连他们自己都骗不了它。计算机如果觉得答案太模糊，就会重新组织语句，再问一次。你准备好了？很好……上面的摄像机请准备……检查一下5频道……开始运行。”

你的名字是欧文·弗莱彻……请回答“是”或“不是”……

你的名字是约翰·史密斯……请回答“是”或“不是”……

你出生在火星的洛威尔城……请回答“是”或“不是”……

你的名字是约翰·史密斯……请回答“是”或“不是”……

你出生在新西兰的奥克兰市……请回答“是”或

“不是”……

你的名字是欧文·弗莱彻……

你出生在3585年3月3日……

你出生在3584年12月31日……

这些问题的间隔极短，弗莱彻就算没有被轻度麻醉，也来不及伪造答案，再说，就算伪造了也没用。只过了几分钟，计算机就归纳出了他对已知答案问题的自动应答模式。

在接下来的审讯中，这些校正项也不时出现（“你的名字是欧文·弗莱彻……”“你出生在祖鲁兰的开普敦市……”），问过的问题偶尔会再问一遍，和前面的答案对照。一旦作出“是—不是”反应的生理特征得到确认，整个过程就变得完全自动了。

在审讯方面，原始的“测谎仪”取得过一定的成功，但很少做到百分之百准确。在那以后，人类用两百年不到的时间就完善了相关技术，司法活动也取得了革命性进展。从那时候起，无论是刑事案还是民事案，审判很少有超过几个小时的。

与其说这是审讯，还不如说是计算机控制，参与者无法作弊的古代游戏“二十问”。归根到底，任何信息都能由一系列“是”和“不是”来确定。在人类专家和专业机器的配合下，很少有信息需要问满二十个问题的。

晕头转向的欧文·弗莱彻从椅子上站起来时，时间刚好过了一小时。他也不知道对方问了什么、自己答了什么，但有一点他是清楚的，那就是他什么都没招。

他略有些意外地听见了斯坦纳博士乐呵呵的声音："好了，欧文，你不用再来了。"

刚刚审完犯人的斯坦纳觉得相当自豪：他的确审过不少人，但从来没伤害过谁。然而，一个好的审讯员一定得是个虐待狂，至少在心理上要有这个倾向。此外，这次审讯再次印证了他从不失手的名声，而有了这个名声，事情就成了一半。

他看着弗莱彻站稳脚步，然后叫人把他送回囚室。

"对了，弗莱彻，在冰块上动手脚是没用的。"

本来或许有用，但现在没用了。看到弗莱彻上尉的表情，斯坦纳博士觉得自己精心施展的技能完全得到了回报。

现在，他可以接着回去休眠了，直到飞船抵达萨根二。但是在那之前，他得放松放松，找找乐子，充分享受一下这意料之外的假期。

明天，他打算到萨拉萨星上四处看看，或许还会挑块美丽的海滩游上两圈，但是现在，他得先会一会那位可敬的老朋友。

他从真空包装袋里恭恭敬敬地抽出一本书来，那是本初版书，也是现存的唯一一版。他随便翻开一页就读了下去，反正每一页的内容他都已经滚瓜烂熟了。

当他的目光掠过行间，在这距离地球残骸五十光年的地方，雾气又一次笼罩在了贝克街上。

“盘问的结果证明，只有四名撒巴拉人参与，”贝船长说，“应该庆幸，不用再提审别的人了。”

“我还是不明白，他们准备怎么脱身呢？”副船长马林纳闷闷不乐地说。

“我觉得他们没想脱身，幸好这一点不必再检验了。总之，他们还没有定下具体方案。

“他们的A计划是破坏冰盾。各位也知道，弗莱彻参与了组装环节，案发前正在研究如何给起吊的最后阶段重新编程。如果一块冰以每秒两三米的速度撞上冰盾……你们懂我的意思吧？

“他可以让事故看起来像是意外，但这么做有风险，因为接下来的调查会很快证明那根本就不是意外；而且冰盾就算坏了也能再造。

“弗莱彻企图借这个机会拖延时间，多招募几个同情者。

他的算盘可能没打错，如果我们在萨拉萨星上再待一年……

“B计划是破坏生命维持系统，那样飞船上的人就得全体撤出，这个计划的目标和A计划是一样的。”

“C计划是最叫我担心的，因为它成功了任务就得终止。幸好撒巴拉人没进推进组，很难对引擎动手脚……”

听到这里，在场的所有人全都震住了，但反应最强烈的还是罗克林中校。

“长官，这一点都不难，他们决心够大就能办到。最难的还是制造事故，在不损坏飞船的前提下让引擎永久失灵。我怀疑他们还没有这个技术手段。”

船长虎着脸说：“败露前他们正在研究这个！船上的安保流程恐怕得重新评估了，明天召开高级军官会议，专门讨论这个问题，地点就在这里，时间正午。”

这时，医务总长牛顿提出了大家都在踌躇的问题。

“船长，准备召集军事法庭吗？”

“没有那个必要，罪名都定好了，根据飞船章程，就剩下量刑了。”

在场的人都不说话，静静等着。

过了一会儿，船长发话了：“女士们先生们，谢谢各位。”军官们一个个默默离开。

贝船长独自回到船长室，一肚子的火：他觉得自己被背叛了。好在事情已经了结，麦哲伦号终于驶出了这场人为的风暴。

其他三个撒巴拉人可能没有什么危害，但欧文·弗莱彻呢？

他的心思游荡到了保险箱里的那柄致命玩具上——他是一船之长，策划一起事故应该不难……

他赶紧把这个念头抛到了一边：这么做当然是绝对不行的。这件事他已经想好了对策，而且肯定能获得全员拥护。

不知是谁曾经说过，任何问题都有一个简单、诱人但绝对错误的解决方案。但是他敢肯定，他对这件事的解决方案简单、诱人但绝对正确。

撒巴拉人既然想留在萨拉萨星，那就让他们留下吧。他一点都不怀疑他们会成为理想的公民，或许，这个社会也正需要这样一群敢于进取、敢于决断的人。

历史是何其相似啊！像麦哲伦一样，他也要放逐几个手下了。

但这对他们来说究竟是惩罚还是奖赏，他要到三百年后才会知道。

第六部

海底森林

44

侦察球

北岛海洋实验室对这件事漠不关心。

“卡里普索号要一周才能修好，”实验室主任推辞道，“潜水器也是碰运气才找回来的，萨拉萨星上就这么一台了，我们不想再拿去冒险。”

科学官瓦莱暗自心说：你们这毛病我以前也见过——即便是到了地球的最后时刻，也还是会有几个实验室的主任觉得自己的设备太精贵，不能拿出来受实际应用的玷污。

“只要小克拉肯山——或者大克拉肯山——不再闹事，我看就没什么风险。地质学家不都说了吗？它们至少还会休眠五十年。”

“这我可有点不赞同。不过话说回来，你为什么觉得这事这么重要呢？”

瓦莱暗暗叹息：真是鼠目寸光！身为海洋物理学家，也该对海洋生物有点兴趣嘛——不过也可能是我看走眼了，这家伙或许是在试探我呢……

“部分原因是罗伦森博士的遇难——幸好又救回来了——但还有别的原因：我们觉得那些蝎子很奇妙，想研究一下它们的智能。无论研究出什么结果，都可能在以后派上大用场——对你们的用处更大，因为它们就在你们的家门口。”

“我明白了。可能是运气好吧，我们有我们的生态位，它们有它们的。”

可你们的生态位能占据多久呢？瓦莱心想，如果摩西·卡尔多是对的……

“跟我说说侦察球是干什么的吧，这名字可真有意思……”

“它是两千年前发明的，最早的应用是在安全和谍报方面，后来又有了许多新用途。有些侦察球很小，比针头大不了多少，我们的这台和一个足球差不多大。”

说着，瓦莱在主任的办公桌上摊开了图纸。

“这一台是专门在水下使用的，没想到你们居然不熟悉，这东西在2045年就有了。我们在技术数据库里找到了完整的规格数据，输入到了复制机里，第一台产品不能工作，到现在原因不明，但第二台就顺利通过了测试。

“这个部分是发声装置，频率10兆赫，所以分辨率能到毫米级；效果当然赶不上视屏，但已经够用了。

“这里是信号处理装置，具有很高的智能。侦察球一旦启动，就会用信号脉冲绘出二十到三十米范围内所有物体的声波全息图，然后通过200千赫的窄频带将信息发送到海面的浮标，再由浮标将信息传回基地。绘出第一幅图像的时间是十秒，然后侦察球就会发出下一个脉冲。

“如果图像没有变化，侦察球就发出空帧信号。但是如果周围有了动静，它就会传回新的信息，让我们更新图像。

“就是说，我们每隔十秒就能得到一幅快照，一般情况下这个频率就够用了，当然了，如果事件进展过快，图像就会模糊。但要求不能太高，监视嘛，本来就不容易。这台机器可以在任何地方工作，就算周围漆黑也没关系，而且造价也不高。”

主任明显来了兴趣，他正竭力不让自己喜形于色。

“真是个聪明的小玩意儿，我们的研究可能用得上。能给我们图纸吗？——最好再来几台样机。”

“图纸肯定会传到你们的复制机里，你们想造多少台都可以。至于样机嘛——我们想把最初的几台投放到蝎子城里去。

“然后拭目以待。”

45

诱 饵

图像的颗粒很粗，尽管给可见光之外的波段着了色，有些细节还是看不清楚。这是一张展平的三百六十度海床全景，左侧是一片海草，中间是几块凸出的岩石，再往右仍是一片海草。整个画面乍一看像一幅静止相片，唯有左下角变动的数字提示着时间的流逝。有时图像会蓦地变化，这说明有什么动静改变了传回的信息模式。

“大家都看到了，”新地球村的报告厅里，瓦莱对受邀前来的听众说，“我们刚投放时，这一带还没有蝎子，但它们可能是听到了，或者是感受到了，呃，我们的包裹着陆的声音。这是一分二十秒处的图像。”

屏幕上，图像以十秒的间隔剧烈变化着，每一帧图像里的蝎子数目都在增多。

“我来暂停这一幅，”瓦莱说，“各位可以仔细看看。看到右边那只蝎子了吗？看它左边的钳子，至少戴了五枚金属环！它好像是个掌权的，因为在下面的几帧里，别的蝎子都在朝它移动——看，它在检查这件从它们的空中掉下来的神秘垃圾。这幅拍得特别好，看到它的钳子和嘴上的触须是怎么配合的吗？前者控制力度，后者控制精度——它开始扯缆线，但我们的这件小礼物太沉了，拖不动。再看它的姿势，我敢肯定它是在下达命令，可我们没有侦测到任何信号，可能它用的是次声波——这边又来了个大家伙。”

这时画面突然抖动，然后剧烈翻转。

“好了，这是它们在拖着我们走。你说对了，卡尔多博士，它们的目的地是塔状岩石上的洞穴，但我们的包裹太大了，进不去，当然了，我们是故意设计成这样的。好，精彩的要来了。”

给蝎子的礼物费了设计者好大的心思。尽管里面主要是垃圾，但这些垃圾都是仔细挑选过的，包括钢条、铜条、铝条、铅条、木板、塑料管、塑料片、几截铁链、一面金属镜子和各种规格的铜丝，总共一百多公斤，而且精心捆扎，只能一起移动。侦察球塞在一个不起眼的角落里，由四根互不相连的短小缆线固定。

两只大蝎子对垃圾堆发起了进攻，它们不但意志坚定，而且似乎还有成熟的计划。很快，它们就用有力的钳子割断了捆扎用的缆线，然后立刻丢掉了里面的木头和塑料制品。看来，它们只对金属感兴趣。

看到镜子，它们停下了。它们举起镜子，凝视着自己的模样——侦察球用的是声学成像，蝎子们在镜子里的样子，他们当然是看不到的。

“我们本以为它们会对镜子发起进攻，在鱼缸里放面镜子就能挑起一场大战。不过它们似乎认出了自己，这体现了相当高的智力水平。”

蝎子们扔掉镜子，拖着剩下的破烂在海床上走动起来。接下来的几帧极模糊，无法辨认。图像终于稳定之后，众人的眼前出现了另一幅景象。

“我们运气不错，事情完全按照我们希望的发展。它们把侦察球拖进了那个有卫兵把守的洞里。但这里不是蝎子女王的会客厅——我很怀疑它们是不是真有个女王。好了，大家有什么想法？”

观众陷入了漫长的沉默，每个人都在思索这奇异的景象。

然后有人说："这是间垃圾房！"

"但它肯定是有功用的……"

"瞧！那里有个10千瓦舷外马达，肯定是有人丢下的！"

"这下知道我们的锚链是谁偷的了！"

"可它们为什么要偷呢？没道理啊。"

"对它们来说当然有。"

摩西·卡尔多发出一声咳嗽，提醒大伙儿注意，这一招屡试不爽。

"我们已经有了一个理论，"他说，"还没有最后确认，但证据越来越多了。如各位所见，它们从各处精心搜集来的东西全都是金属。

"对一个有智能的海洋生物来说，金属是非常神秘的物质，和海洋里一切自然生成的东西都很不相同。这些蝎子看来还处于石器时代，但它们不可能像我们这些陆地动物那样从这个时代走出来。只要没有火，它们的技术就走进了死胡同。

"我认为，这个不妨看作是对人类上古史的回放。各位知道史前人类是从哪里得到第一块铁的吗？从天上！

"各位觉得吃惊也难怪。自然界里从来没出现过纯铁，因为太容易生锈了，原始人的铁全是从陨石来的。难怪他们会崇拜陨石，难怪他们相信天空中有超自然的生物……

“那么同样的情况也会在这里上演吗？我敦促各位认真考虑。我们现在还不知道这些蝎子的智力水平。或许，它们收集金属完全是出于好奇，是叫金属给迷住了，因为金属的属性相当神奇。那么，它们会发现金属在装饰之外的其他用途吗？如果一直待在海底，它们的技术会取得多大的进展？还有，它们会一直待在海底吗？

“朋友们，我认为你们应当对这些蝎子做尽可能透彻的了解。你们或许正在和另一个智能物种共享一颗星球。未来你们是会合作还是竞争？它们就算没有真正的智能，也可能成为致命的威胁——或者是有用的工具。你们或许该栽培栽培它们。对了，到你们的历史数据库里去查查‘船货崇拜’[①]，船只的船，货物的货。

“我很想了解事情的下一步进展。这些蝎子里会产生哲学家吗？它们会聚集在海草森林中，讨论该怎么对待我们吗？

“所以，拜托各位修好深空天线，和我们保持联系吧！在我们前往萨根二的途中，麦哲伦号上的计算机会一边照料我们，一边等候你们的报告。”

---

① 船货崇拜：指闭塞的海岛居民将来自先进文明的货物奉若神明的现象。

46

无论是哪个神……

“神是什么？”米蕾莎问。

卡尔多叹息一声，从使用了几百年的显示器上抬起头来。

“唉，干吗问这个？”

“因为罗伦昨天说：‘摩西觉得那些蝎子有可能在找神。’”

“他真那么说了？我得去找他谈谈。而你，小姑娘，你正在要我解释一个历史悠久的名称，这个名称延续了几千年，迷住了无数人，它所启发的文字比历史上的任何主题都要多——你今天上午有多少时间？”

米蕾莎哈哈一笑：“至少一个小时吧。可你不是说过，真正重要的东西都能用一句话概括吗？”

“唔，这个，有时候，我也会说几句超长的句子。好了，我们该从哪儿说起呢……”

他的眼神游移到了图书馆外的林间空地上，母船的外壳在那里静静矗立，它一语不发，却胜过滔滔雄辩。就是在这里，人类的生命开始在这颗行星上孕育，难怪它总是让我联想起伊甸园。那么，我是否就是那条毁灭纯真的蛇呢？不过米蕾莎是个聪明绝顶的女孩，我要说的话，她其实都已经知道或者猜到了。

他缓缓开口：“‘神’这个字很麻烦，因为有几个人，它就有几个意思，如果那些人是哲学家，它的意思就更多。因此在第三个千年，大家除了在感叹的时候，都渐渐地不再说它了。在有些文化里，它的意思还变得很下流，在礼貌的场合都不会用。

“取而代之的是一组指称明确的词，这样至少可以避免牛头不对马嘴的争论，而过去的争论有九成都是这个性质。

“于是，原来的人格神，或者神一号，就成了阿尔法。它是个假想的实体，据说照料着众生的日常生活——照料每个个人、每只动物！它奖赏善行，惩罚恶行，而这些赏罚通常都发生在说不清道不明的死后世界里。信徒崇拜阿尔法，向它祈求，举办一丝不苟的宗教仪式，还建造巨大的教堂表达敬意……

“还有人认为，神创造了宇宙，但在创造之后就未必和宇宙发生关系了，这样一个神就是欧米伽。哲学家用尽了二十多个希腊字母，才把‘神’的概念分解完毕，我们今天上午单说阿尔法和欧米伽就够了。我希望别占用太多时间。

“阿尔法和宗教息息相关，这也正是它衰落的原因。如果地球上的无数种宗教能够避免争斗，阿尔法倒是有可能留存到地球末日的。但宗教之间是不可能休战的，因为每一种宗教都号称自己掌握了唯一的真理，所以它们就必须毁掉对手，也就是说，不仅毁掉所有其他宗教，还要清除本宗教内的异己分子。

“当然，我这么说是失之偏颇的，善良的男女常能超越自身的信仰，而且宗教很可能在早期的人类社会中发挥过举足轻重的作用。没有超自然信仰的约束，人类的合作可能永远超不出部落的范畴。宗教是在被权力和特权腐化之后，才沦为反社会势力的，从前的大善也被后来的大恶所掩盖。

“我希望你从来没听说过宗教裁判所、猎巫和圣战。你能相信吗？一直到太空时代，还有国家为了宗教的原因把小孩处死——因为他们的父母虽然和当局信仰同一个阿尔法，却属于另外一个流派。让你大吃一惊了吧？但这都是真实的，在我们的祖先开始探索太阳系时，地球上的的确确发生过这样的事，更坏的都有。

“所幸的是，阿尔法在21世纪初退出了历史舞台，姿态多少还算优雅。它是被一门神奇的学科杀死的，它的名字叫‘统计神学’……我还有多少时间能讲？鲍比不会不耐烦吧？”

米蕾莎朝落地窗外望了望，名叫“鲍比”的帕洛米诺马正在母船附近的草地上欢快地吃着草，一派悠然自得。

“它不会跑开的，只要有东西吃就行了。什么是统计神学？”

“它是对‘恶’的问题发起的总攻。这门学问是一个非常古怪的教派给逼出来的，那个教派产生于2050年左右，信徒自称‘新摩尼教’，这个我就不详细说了。它是第一个卫星宗教。以前其他宗教也用通信卫星传播教义，但新摩尼教徒完全依赖卫星，他们只在电视机屏幕上集会，从不在别处见面。

“除了依赖技术这点之外，他们的传统其实非常悠久。他们相信阿尔法存在，但完全邪恶，人类的最终使命就是跟它较量，将它摧毁。

“为了证明这个信仰，他们从历史学和动物学中搜集了大量恐怖的事实。我觉得这群人实在很不正常，他们热衷于收集这类材料，真是个病态的爱好。

“比方说吧，信仰阿尔法的人最喜欢用所谓的‘设计论’来证明它的存在。我们现在觉得这个论据荒唐透顶，但新摩尼教的人却把它包装得千真万确，不容反驳。

“他们的论证是这样的：任何一个设计精妙的系统——他们最喜欢的例子是电子表——它的背后一定有一位设计者、创造者。那么自然界呢？

“于是，他们将目光瞄向了自然界。他们的着眼点是寄生生物学。顺便说一句，你不知道在萨拉萨星上生活有多幸运！在地球上，许多生物利用巧妙的战术和身体的适应性变化来入侵别的有机体，并把它们当成食物，猎食者通常会把猎物折磨到死为止，人类就是这场战争的重点受害者。其中的细节说来恶心，我就略过了，这里只说新摩尼教徒最喜欢的一种动物——姬蜂。

“这种可爱的动物一般先麻醉别的昆虫，然后在后者的身体里产卵，等它的幼虫孵化出来，就有足够的鲜肉可吃了——而且还是活的鲜肉。

“新摩尼教喜欢连篇累牍地展示这类自然界的奇迹，用它们来证明自己的信仰：阿尔法要么是邪恶透顶的，要么对人类的善恶观毫不关心——别担心，他们的观点我学不会，也不想学。

“我还得说说他们喜欢引用的另一个证据，那就是所谓的‘灾难论’。他们很喜欢举一个例子：灾难来的时候，信徒聚集在一处祈祷阿尔法的帮助，结果避难所倒塌，把他们全都压死了，但如果当初待在家里，多数人反而能够幸免。这个例子的规模还能扩大无数倍。

“和姬蜂的例子一样，新摩尼教徒也收集了大量这一类型的恐怖故事：什么医院燃烧，养老院起火，地震、火山、海啸摧毁整个城市乃至吞噬了城里的幼儿园，这样那样的，没完没了。

“阿尔法的崇拜者当然不会坐视，他们也搜集了数量相当的反例，证明虔诚能让信徒一次次免于劫难。

“这场辩论以不同的形式持续了几千年。21世纪，人类发明了信息技术，更新了统计方法，并拓宽了对概率论的理解，到这时，这场辩论才终于见了分晓。

“神学家用了几十年的时间才算出结论，又用了几十年的时间才让几乎所有的聪明人接受了这个结论：坏事发生的概率和好事相等。此前早就有人猜测宇宙中的事件符合概率法则，这下终于得到了证实。总之，无论好事坏事，都没有超自然干预的迹象。

“也就是说，所谓‘恶的问题’根本就不存在。让宇宙仁慈，就好比让人在完全随机的赌局中总是获胜一样。

“有的教徒不甘心，他们崇拜起了‘绝对冷漠的阿尔法’。他们找来表示正态分布的钟形曲线，当作信仰的象征。不用说，这么抽象的一位神肯定唤不起多少敬意。

“说到数学，在21还是22世纪，阿尔法信仰又遭到了数学的致命一击。那时有个叫库尔特·哥德尔的聪明地球人，他证明一切知识都具有根本的局限性，因此‘全知’的概念在逻辑上就不成立。而根据定义，阿尔法就是个全知的存在，于是阿尔法的概念也跟着倒了。这个发现后来被人改成了一句好记但糟糕的顺口溜，流传了下来：‘哥德尔删了神。’还有学生把这个意思涂鸦到了墙上：一个G，一个O，再加一个希腊字母德尔塔。当然了，也有相反的版本‘神删了哥德尔’。

“接着说阿尔法。第三个千年过去一半时，它多少已经从大众心里淡出了。几乎所有理性的人都认同了大哲学家卢克莱修的严厉裁决：说穿了，一切宗教都是不道德的，因为它们鼓吹迷信，制造的恶多于善。

“然而，少数几个古代宗教还是挣扎着生存了下来，一直生存到了地球末日，尽管到后来全都面目全非了。当代摩门教和先知女儿教还制造了自己的播种飞船，我一直想打听它们的下落。

“阿尔法是没人信了，但是还有欧米伽，万物的创造者。欧米伽就没那么容易抛弃了，因为宇宙之所以为宇宙，还是得解释一番的，对吧？我想起一个古老的哲学笑话，它表面上可笑，其实倒颇有内涵。甲问乙：宇宙为什么是现在这样？乙回答：不然还能怎样？好了，一上午说这些应该够了。”

“谢谢你，摩西，”米蕾莎看起来有点晕眩，“这些话你都对别人说过吧？”

“当然，说过好多遍了。对了，你得答应我一件事。”

“什么事？”

“别因为是我说的就什么都信，严肃的哲学问题是永远无解的。欧米伽的信徒还有许多，有时候，我怀疑还有人信阿尔法……”

第七部

如同火星飞腾

47

飞 升

姑娘名叫卡琳娜，今年十八岁，她这是第一次在库玛尔的船上过夜，但绝对不是第一次躺在他的臂弯里。“库玛尔的最爱”这一头衔，她应该是当之无愧的。

太阳在两小时前就落下了，内月已经升上夜空，它光华皎洁，近乎浑圆，比以前地球的那枚月亮离地面更近。它洒下冷冷的蓝光，笼罩着半公里以外的海岸。海岸边，一小堆篝火正在棕榈林外的沙滩上熊熊燃烧，火堆边围着一群作乐的人。小船的马达调到了最低，正发出柔和的嗡嗡声，空气中依稀传来音乐，在马达声中时断时续。库玛尔已经达成此行的首要目标，不急着去别的地方，但他毕竟是个优秀的水手，时不时抽身对自动导航系统下几句指令，对海平面扫上两眼。

卡琳娜心醉神迷，心想库玛尔真的说对了：船身那规则、轻柔的晃动的确惹人动情，加上身子底下还铺着充气床，摇晃的幅度就更大了。不知道过了今晚，自己还能否从陆地上的欢爱中得到满足？

还有，库玛尔不像塔纳镇上的其他几个毛头小伙子，他温柔、周到，处处出乎她的意料。他不是一味追求自身满足的男人，如果不能和伴侣分享，他的快乐就是不完整的。卡琳娜回味着刚才的感受：与他合为一体时，她觉得自己是他心目中唯一的女孩；但她也知道，那不是真的。

卡琳娜隐隐觉得小船是在往镇子相反的方向行驶，但她没把这个放在心上，她希望这个时刻永远不要停止，就算小船全速向前，驶进空旷的大洋，在完全看不见陆地的洋面上周游行星，她也不会在乎。她相信库玛尔自有办法，而且有不止一种办法。她的快乐就部分源于对他的完全信任：只要躺在他的怀里，就不用再思考，不用再担忧，未来消失了，只剩下延绵没有尽头的当下。

但时间的确在一分一秒地过去，内月又升高了许多。在激情的余波中，两人的嘴唇还在慵懒地探索爱的疆界。就在这时，喷水引擎停止了搏动，小船漂流一阵，停了下来。

“我们到了！”库玛尔说，声音里透着兴奋。

两人翻了个身分开，卡琳娜懒洋洋地想：到哪儿了？她上一次眺望海岸线似乎已是几个小时之前，而当时就看不见陆地了。

她慢悠悠地爬起来，在小船的轻柔摇晃中站稳脚步，朝外面望去。她的眼睛一下子瞪圆了——他们来到了红树林湾，这个寄托着希望的地名其实不甚确切，因为这里在不久前还是一片阴暗的泥沼。可是现在，眼前的一切却宛如仙境。

这并不是她第一次接触高科技，她以前也见过北岛上宏伟的聚变站和主复制机，但它们都无法与眼前的设施相提并论：这是一个由管道、储存罐、起重机和处理装置构成的迷宫，它完全沐浴在明亮的灯光之下，仿佛由船坞和化工厂拼合而成，处处透着活力。整个设施在群星的映照下安静而高效地运作着，放眼望去，没有一个工作人员。面对这个景象，任何人的眼睛和心灵都会感受到巨大的冲击。

耳边突然传来“哗啦”一声，打破了夜的沉寂，那是库玛尔抛下了船锚。

“来嘛，”他一脸淘气的表情，“我来给你看样东西。”

“没有危险吗？”

“绝对没有，我都来过好几回了。”

卡琳娜心想，你肯定不是一个人来的。但话还没出口，她就已经跨过了船舷。

海水深不及腰，白天的温度尚未散去，热乎乎的，叫人不舒服。卡琳娜和库玛尔手牵手走上海岸，夜晚的凉风拂过身体，感觉相当惬意。海面细浪翻滚，激起杂乱的涟漪，两人仿佛现代的亚当夏娃，正手持机械伊甸园的钥匙踏上陆地。

“没什么好担心的！”库玛尔说，“这儿的路我熟，罗伦森博士都跟我说过。可我还是发现了一件他肯定不知道的事。”

他们走上了距地面一米、铺着厚厚隔热层的管道。卡琳娜听到了一阵特别的声响——那是搏动的泵站管道在将冷却液送进四下纵横的管道和散热器。

两人很快就来到了那个发现蝎子的著名水池。

现在已经看不见什么水了，池子表面几乎盖满了一团一团的海草。萨拉萨星上没有爬行类动物，但是看到那些粗壮而有弹性的草茎，卡琳娜还是想到了相互纠缠的蛇。

一路上经过了几条下水道和几扇小闸门，全都关着。走着走着，他们来到了一片远离主站的开阔地带。离开中央设施时，库玛尔兴冲冲地朝一台监控摄像机挥了挥手。事后，谁也说不清它为什么恰好在这个关键时刻关机了。

“这里是冰冻池，”库玛尔说，“每个池子的容量都是六百吨，百分之九十五是水，百分之五是海草。你在高兴什么呀？”

“不是高兴，是奇怪，”卡琳娜微笑着回答，“你想想，他们要带着我们的海底森林飞进宇宙，这真是不可思议！不过，你不是因为这个才带我来的吧？”

“不是，”库玛尔柔声说道，“看那儿……”

卡琳娜起初没看见他指的是什么，可是接着，她望着闪烁在视野边缘处的那东西，一下子明白过来。

这个奇迹其实并不新鲜。一千多年来，人类在许多颗行星上都复制过。但是亲眼所见的感觉不是“激动人心”可以形容的——这简直太神奇了！

两人向着最后的几个水池走去，这下看得更清楚了：那是一缕细细的光线，看样子还不到两厘米粗，它指向星空，笔直、明亮，像一束激光。她的目光沿着光线上溯，看着它越来越细，直至消失。光线逗弄着她的双眼，让她无法确定它消失的确切位置。她的视线在晕眩中继续上升，直到越过群星，凝视苍穹的顶点。那里孤悬着一颗明亮的星星，与它相比，一切自然天体都黯然失色。群星缓缓划过夜幕，朝西方进发，只有那颗亮星岿然不动。那就是麦哲伦号，它像盘踞在太空的蜘蛛，向着行星表面垂下一缕细丝，准备把渴望的奖品吊入宇宙。

两个人站到了等候升空的冰块边缘，卡琳娜又发现了一件意外的事：整块冰都包裹在一层熠熠生辉的金箔中，这让她想起了每年着陆节大人给孩子发的礼物。

“是隔热层，”库玛尔解释说，“而且是真金，厚度大约两个原子，没有了它，冰块就会在到达防辐射罩之前融化一半。”

隔不隔热她不知道，反正库玛尔牵着她走上平坦的冰块时，她赤裸的脚底被寒冷刺痛了。两人走了十几步，来到了冰块中央，那里有一根绷紧的索带，它散发着有异于金属的光泽，一头连接着冰块，另一头伸向三万多公里上方的静止轨道，连接着停泊在那里的麦哲伦号。

索带末端是一个圆柱形结构，上面布满仪表和调节喷口，这显然是个移动式智能吊钩，负责在降入厚厚的大气层后定位地面上的货物。整套装置的外观简单得出奇，甚至显得有点粗糙，但这些都是假象，就像大多数成熟、发达的技术一样。

卡琳娜突然打了个寒战，不是因为脚底的寒气，那点寒冷她已经注意不到了。

“这儿肯定没有危险吗？”她紧张地问库玛尔。

“肯定没有啦，他们每次都在午夜起吊，一秒不差，离现在还有几个钟头呢。这儿的风景是不错，但我们应该也不至于待到那么晚。”

他跪下身子，把耳朵贴到了那条将飞船和行星连为一体的神奇索带上。卡琳娜心里嘀咕：要是索带突然断裂，飞船会就这么飘走吗？

“听……”库玛尔低语。

卡琳娜不知道该听什么。许多年后，当她的心境平复下来，她将会试着回味这个充满魔力的时刻。但她永远不能确定自己是否成功。

起初，她似乎听见了一阵极低极低的鸣响。那仿佛是天地间的一架巨大竖琴，琴弦绷得紧紧的，那响声就是拨弄琴弦发出的最低音。卡琳娜感到脊背发冷，脖子后面的汗毛都竖了起来，这是古老的恐惧反应，当人类还在地球上的原始丛林中就形成了。

适应了这股低频振动后，她的耳朵又捕捉到了一系列变化的泛音，它们或高或低，覆盖了整个音域，想必也拓展到了人类的听觉范围之外。这些声音渐渐变得含混，它们互相交织，不停变化，循环不息，仿佛是大海的隆隆波涛。

她听得越久，就越想到海浪拍击荒凉海滩的声音：一涨一落，无休无止。她觉得那仿佛是宇宙之海拍击一切星球的声音，那声音透出虚空，透出徒劳，它在空寂的宇宙中不住回荡，叫人心里发毛。

这时，错综复杂的交响中又加入了新的声部。那是一阵突如其来的忧伤弦音，仿佛是几根巨大的手指在延绵数千公里的绷紧索带上弹拨。这是流星吗？不可能。是萨拉萨星沸腾的电离层在释放电荷，抑或纯粹是她的想象，是潜意识的恐惧凭空生造的幻听？她的耳畔不时传来细小的呜咽，好像恶魔在低吟，又仿佛是地球的噩梦世纪中，那些死于病痛和饥饿的孩子在哭诉冤屈。

突然，她再也受不了了。

“库玛尔，我怕，”她用力摇着他的肩膀，小声央求，“我们还是走吧。”

但是库玛尔还沉醉在群星中，他的脑袋贴在振动的索带上，嘴半张着，仿佛已被海妖的歌声催眠。甚至又气又怕的卡琳娜跺着脚离开冰面，走到温暖熟悉的陆地上，他都没有察觉。

因为他听到了新东西：那是一系列爬升的音符，它们仿佛在有意唤起他的注意，那声音里有种自相矛盾的意味，仿佛是琴弦上奏出的号角，它悲戚难言，遥不可及。

声音越来越近，越来越响。这是库玛尔听过的最振奋人心的响声，使他在惊愕和敬畏的交织中全身麻痹。他几乎感觉到了有什么东西正沿着索带疾速下降，朝他扑来。

他明白过来时已经晚了几秒，他被第一轮前兆波结结实实地掀翻在金箔上，身体下方的冰块也随之振动。然后，库玛尔·里奥尼达最后看了一眼他那沉睡的故乡，它是那么脆弱，却又那么美丽。地面上，那个女孩正带着一脸恐惧抬头仰望。她将永远记住这幕情景，直到生命的最后一天。

现在跳下去已经晚了。就这样，小狮子赤裸着身子，孤零零地升上了沉默的星空。

48

决 定

贝船长有更重大的事情要操心，自然愿意由别人代劳这项工作。而无论从哪方面看，罗伦·罗伦森都是担任特使的最佳人选。

罗伦还没见过里奥尼达家的长辈，他害怕和他们见面。米蕾莎提议陪他同去，但他还是觉得独自拜访为好。

萨拉萨星人尊重长者，他们想尽一切办法让老人们过得舒适、开心。里奥尼达家的两位老人拉尔和妮可丽居住在岛屿南部临海的一座退休村里，村子规模很小，但设施齐全。他们有座六个房间的小屋，代劳的设备应有尽有，包括一台多功能家政机器人，罗伦在整个南岛上也就见过这么一台。按照地球上的算法，罗伦觉得老夫妇应该六十多岁，快七十了。

三人低声寒暄了几句，然后在面朝大海的门廊落座。机器人在周围忙个不停，一会儿送饮料，一会儿送水果拼盘，罗伦勉强吃了几小口，随后鼓起勇气，开始执行他有生以来最艰巨的任务。

“库玛尔，”刚说出这个名字，他的喉咙就哽住了，只能从头说起，“库玛尔现在还在飞船上。我的命是他给的，是他冒着生命危险把我救了回来。二位一定理解我的感受，要我做什么都愿意，只要他能……”

他又说不下去了。哽咽平息之后，他努力学着医务总长牛顿的样子，用尽量轻快、尽量科学的口吻继续陈述：“他的遗体几乎没有什么损伤，因为减压过程很缓慢，冰冻却在瞬间就完成了。他在临床上当然已经死亡，就像几周之前的我一样……

“但是我们俩的情况很不一样。我的遗……我的身体在脑死亡之前就被发现了，复活起来相对简单。

“库玛尔的遗体是花了几个小时才找到的。从外观上看，他的脑部没受损伤，却也没有任何活动的迹象。

“但如果有非常先进的技术，复活还是可能的。我们的数据库里储存了地球的完整医学史，我们做了搜索，发现前人做过类似的治疗，成功率是百分之六十。

“现在的情况左右为难，贝船长吩咐我如实向二位报告：我们现在还没有进行这样一次手术的技术和设备，但在三百年之后可能会有……

“我们的飞船上休眠着几百位专业医生，其中有十几个是脑外科专家，船上还有技术人员，能够组装任何手术器械和生命维持设备。飞船抵达萨根二后，我们很快就能拥有地球上的一切技术和装备……”

他稍稍停顿了片刻，好让对方理解自己的言下之意。机器人不识时务地过来服务，他挥了挥手，将它支走。

“我们很愿意——不，是很希望——我们很希望带着库玛尔一起走，因为这是我们唯一能做到的了。尽管我们不敢保证，但有一天，他是可能活过来的。我们希望二位仔细考虑，你们有许多考虑的时间。”

老夫妇对视良久，一语不发，罗伦将目光转向外面的大海。多么安静，多么平和！他真希望自己也能在这里安享晚年，能有儿孙不时前来探望……

和塔纳镇的大部分地区一样，这里也像极了地球，可能是精心规划的结果，一眼望去见不到任何萨拉萨星植被，每一棵树都是那么熟悉，那么叫人神伤……

但这里终究缺了什么，这个问题他想了很久，在刚刚涉足这颗行星时就开始想了。蓦然间，仿佛是悲伤牵动了记忆，他一下子明白了问题的答案。

这里缺的是海鸥，空中没有它们的身影，耳边没有它们的哀鸣——那地球上最悲戚也最动人的声音。

拉尔·里奥尼达和妻子还是没有说话，但罗伦知道，他们已经做好了决定。

“罗伦森少校，我们很感激您的建议，烦劳代我们谢谢贝船长。

“但是我们不必再考虑了。不管怎样，我们都会永远失去库玛尔。

“您也说了，手术不能保证成功，就算能成功，库玛尔在醒来时也得面对一个陌生的世界。他会明白自己再也见不到家人了，他爱的人都已经死去几个世纪……我们简直想不下去。你们是好意，但那样对他太残酷了。

“我们知道他会怎么选择，也知道该做什么。把他还给我们，让我们把他还给他钟爱的大海吧。”

再也没什么可说的了。罗伦的心中既有深切的悲伤，又感到了巨大的释然。

他尽了自己的责任。二老的决定，正是他所预料的。

49

珊瑚礁上的火光

库玛尔的小赛艇再也等不到完成的一天了。尽管如此，它却马上要开始它的第一次航行——也是它的最后一次。

日落之前，它都静静地停泊在水边，在没有潮汐的大海中，接受着浪花的轻柔拍打。前来致哀的人络绎不绝，罗伦看了很受感动，但是并不觉得惊讶。整个塔纳镇的人都到了，还有许多人来自南岛的其他部分，甚至北岛都有人来。这场事故之离奇前所未有，它震惊了整个世界，也激发了某些人病态的猎奇感。尽管如此，罗伦还是感觉自己从来没见过这么真诚的哀悼，他从来不知道萨拉萨星人能够如此深情，他的脑海中再次回响起了米蕾莎在档案库里搜索到的那句祷词：“全世界的小朋友。”没有人知道这句话的出处，也没有人知道，是哪个世纪的哪位学者让它重见天日，流传千古。

带着无言的同情，罗伦和米蕾莎与布兰特一一相拥，然后，他望着两人加入里奥尼达家族在南北两岛的众多亲属，没有再去打搅。他不想见陌生人，他知道许多人都在想：“他救了你，你却救不了他！”在他的余生中，他都将背负这个重担。

他咬紧嘴唇，强忍着泪水：身为史上最伟大的星舰上的高级军官，当众落泪是不恰当的行为。就在快要忍不下去的时候，心灵的防护机制救了他——要在最深的悲伤中避免崩溃，有时唯一的方法就是在记忆深处唤起一幅毫不相干甚至惹人发笑的画面。

是的，宇宙有着奇特的幽默感。想到这里，罗伦差点忍不住微笑出来：库玛尔一定会喜欢上天对自己的这个最后的恶作剧。

他回想起了飞船上的情景：牛顿中校打开停尸间的大门，弥漫着福尔马林气味的冰冷空气一下子涌了出来。“没什么好意外的，”牛顿说，“这其实挺常见，有的人会在最后痉挛一阵，就像是在潜意识里对抗死亡。不过这次的情况不太一样，可能是失去外部压力后马上冰冻造成的。”

要不是因为有冰晶在这具年轻、健美的躯体上勾画出肌肉的形状，罗伦或许会以为库玛尔睡得正香，而且还做着甜美的春梦。

虽已死去，“小狮子”却比生前更加雄姿勃发。

太阳在西边的丘陵后落下，海面上送来凉爽的晚风。赛艇缓缓滑入水中，几乎没有激起一丝涟漪。拉着它下水的，是库玛尔的三位密友和布兰特。

罗伦最后看了看这位年轻的恩人，看了看那张安详宁静的面庞。

四周一直相当安静。然而，当四位游泳健将把小船缓缓推离岸边，人群中却爆发出一片哀恸。罗伦的眼泪终于夺眶而出，他再也不用担心被人看见了。

在送葬者强有力的护航之下，赛艇稳健地驶离海岸，向着珊瑚礁的方向进发。当萨拉萨星的夜幕像往常一样匆匆降临，小舟驶过了两枚闪烁的浮标——那里是珊瑚礁的尽头，再往前就会是无垠的大洋。小船越过浮标，消失了。放眼望去，只见海水慵懒地拍打在外围的珊瑚礁上，碎成一线线白色的浪花。

哭声停了，人人都在等待。蓦然间，远处腾起一道强光，昏暗的天幕为之一亮。一根火柱从海面冉冉升起，火焰干净而剧烈，几乎没有一缕烟雾。罗伦不知道它烧了多久，因为时间在塔纳镇上停止了。

接着，烈焰陡然散去，火柱缩回海中，黑暗再度笼罩，但这黑暗只持续了片刻。

就在跌落水面的刹那，火焰化作万千点火星，像喷泉一般朝天空迸发。它们中的一大半重新没入大海，但也有一些笔直升向苍穹，最终消失在了视野之外。

就这样，库玛尔·里奥尼达又一次飞向群星。

第八部

遥远的地球之歌

50

冰 盾

最后一片“雪花”升空本该是件欢乐的事，现在的气氛却显得有些肃穆。在萨拉萨星上空三万公里处，最后一块六边形冰块调整就位，冰盾完成了。

量子引擎在近两年的时间里首次发动，尽管只开到了最小马力。麦哲伦号脱离静止轨道，载着即将携往星空的人造冰山开始加速，对它的平衡性和完整性展开了测试。结果一切正常，工程质量很高。贝船长如释重负。在此之前，他的心里老是放不下一件事：冰盾的首席工程师是欧文·弗莱彻（现正处于北岛的严密监视之下）。现在他又有了个疑问：当弗莱彻和其他被流放的撒巴拉人观看竣工仪式时，他们的心中不知作何感想？

仪式从一段回顾视频开始。视频里播放了制冰站的建造以及第一片“雪花”起吊的场景。接着是一场快放的空中芭蕾，巨大的冰块在太空里翩翩起舞，它们被送入轨道，一块块嵌入稳步成长的冰盾之中。这一幕由正常速度开始播放，接着迅速加快，等到临近最后几片“雪花”时，已经达到几秒钟一片的速度。萨拉萨星的首席作曲家给这个场景谱了段诙谐的音乐，先是舒缓的孔雀舞曲，然后渐渐加速，最终演变成了一曲扣人心弦的波尔卡。然后，乐声再度放缓，最终恢复正常，而在屏幕上，最后一片“雪花”也恰好安装到位。

接着，视角切换到了太空中的摄影机上，它正悬浮在行星的夜空中，在麦哲伦号前方一公里处的轨道上实况拍摄。白天里抵挡阳光的防辐射罩已经撤去，冰盾首次展现了它的完整面目。

白色和绿色相间的巨大冰盘在泛光照明下闪烁着寒光，它的温度马上还会大幅下降，因为它即将驶入只比绝对零度高出几度的银河之夜。到那时，能为它提供一点暖意的，就只有遥远的星光、它自身泻出的辐射以及它和尘埃撞击时偶尔迸发的能量。

摄像机从人造冰山前方缓缓飞过，背景处传来摩西·卡尔多那标志性的嗓音。

“萨拉萨星的人民，感谢你们的馈赠。在这面冰盾的保护下，愿我们能顺利飞行三百年，安全抵达那颗等候在七十五光年之外的行星。

“如果不出意外，在我们到达萨根二时应该还有超过两万吨冰块，我们将会把它们投放到行星表面。当我们进入大气层时，它们会在摩擦产生的热量中融化，化作那个寒冷世界的第一场降雨。再次凝固之前，这些降水将在地表会聚，为海洋的诞生打下基础。

“终有一天，我们的传人会看见和萨拉萨星上一样的海，尽管没有这么宽广，这么深沉。地球和萨拉萨星水将融为一体，在我们的新家园哺育生命。而我们也将永远把你们记在心里，怀着爱意，怀着感激。”

51

圣 物

“它真美！”米蕾莎满怀敬意地说，“这下我明白黄金为什么在地球上那么贵重了。”

“黄金是最不重要的部分，”从垫着天鹅绒的盒子里，卡尔多取出了那座熠熠生辉的金钟，“你能猜到这是什么吗？”

“这显然是件艺术品，但它肯定不仅仅是一件艺术品，否则你是不会带着它飞过五十光年的。”

“你说得一点没错。这是照着一座大庙原样仿制的模型，实物有一百多米高。像这样的小盒子原来有七个，造型一模一样，一层层地套在一起，我手上这个是最里面的一层，里面装着圣物。这是几个亲爱的老朋友送给我的，那是我在地球上的

最后一晚，他们对我说：‘万物都不长久，但这东西我们已经守护了四千多年，你就带着它去星星那里吧，带上我们的祝福。’

“我没有他们那样的信仰，但我怎么能拒绝这样一件无价的馈赠呢？我现在就把它放在这儿，放在人类在这颗行星上首次登陆的地方，就当是地球的又一件礼物，可能也是最后一件了。”

“别那么说，”米蕾莎说，“你们已经留下了太多礼物，我们永远都数不过来。”

卡尔多露出忧伤的微笑，他的眼睛眺望着图书馆窗外熟悉的风景，好一阵子没再说话。他在这里度过了快乐的时光：查阅了萨拉萨星的历史，还学会了许多无价的知识，而这些在殖民萨根二时都用得上。

别了，母船，他暗暗说道，你已经功成身退，而我们还有很长的路要走。愿麦哲伦号忠诚地服务于我们，一如你曾经忠诚地服务这些渐渐让我们喜欢上了的人民。

“那几个老朋友一定赞成我的做法，我尽到责任了。圣物保存在地球博物馆里，一定会比保存在飞船上安全。毕竟，我们有可能永远到不了萨根二。”

“你们肯定能到那儿。可是你还没告诉我，这第七个盒子里装的是什么东西呢。”

“它装的是一个人的遗骸。那是人类历史上最伟大的人物之一，就是他，创立了唯一不曾被鲜血染红的宗教。他要是知道，在他死后四十个世纪，会有人带着他的一颗牙齿飞向群星，一定会觉得非常有趣的。”

52

遥远的地球之歌

终于，到了迁徙的时候，道别的时候，生死契阔的时候。在洒下许多泪水之后，萨拉萨星人和船员的心中都感到了一股释然。过去的日子已经一去不复返，生活还将恢复平常。船员们就像叨扰了太久的客人，是该走了。

就连法拉丁总统都接受了现实，不再幻想他的星际奥运会了。但是在这件事上，他已经得到了充分的慰藉：红树林湾的制冰站正在迁往北岛，萨拉萨星的第一个溜冰场已经动工，到奥运会时就能使用了。有没有参赛者暂且不提，至少现在，萨拉萨星上的许多年轻人已经看起了过去那些伟大运动员的表演录像。他们带着难以置信的表情，一看就是好几个小时。

大家一致同意：应该举行一个仪式，送别麦哲伦号，不巧的是，对仪式的具体形式却没有什么共识。民间自发组织了许多聚会，对参与者的身心都构成了很大的负荷，官方的活动则迟迟不见动静。

瓦德伦镇长宣布塔纳镇享有举办仪式的优先权，还提议仪式在登陆原点举行。法拉丁总统则认为，总统府尽管地方不大，却是个更加合适的场所。有几个聪明人提议双方都作些让步，把仪式搬到克拉肯山举行，还说那里著名的葡萄园正适合开告别酒会。就在一片争论声中，萨拉萨广播公司这个还算有点干劲的政府机构悄悄地抢下了整个项目。

最后确定以音乐会的形式送别船员。音乐会办得很成功，未来的好几代人都将纪念它，重播它。现场没有干扰注意的视频，只有音乐，以及最简短的致辞。音乐中细数了人类两千年的文化遗产，它回顾过去，祈愿将来，既是镇魂歌，也是摇篮曲。

尽管在技术上已经没有改进的余地，但作曲家总能谱出新的曲子，这一点怎么看都是个奇迹。电子学发展了两千年，作曲家对人耳所能识别的一切声响都已经掌控自如，按理说，声音这种媒介应该已经穷尽了一切可能。

实际上，历史上的确有那么一个时期，新的音乐作品都充满了滴答声、叽喳声和电音打嗝声。在这么胡闹了将近一个世纪之后，作曲家们逐渐掌握了技术赋予他们的无穷力量，他们终于再次将技术和艺术结合在了一起。到如今，贝多芬和巴赫的境界尚无人能超越，但已经有人接近他们了。

对在场的众多听者来说，这场音乐会展示了他们从来就不知道的事，那些只和地球有关的事：雄伟的大钟缓缓响起，仿佛无形的烟雾，升腾在教堂的尖顶之上；船夫用早已失传的语言哼唱歌谣，船桨劈开波浪，在最后一线夕阳中返回家乡；士兵们奔赴战场，他们的痛苦和邪恶终会被光阴掳走；千万人齐声低语声中，伟大的城市迎来了朝阳；极光在空中跳着冷艳的舞，映照着冰封的无垠大洋；引擎发出隆隆的轰鸣，奔驰在通往群星的公路上。这一晚，听众在音乐中领略了这一切，它们跨越数十光年来到此地，它们是来自遥远地球的歌声……

到了最后部分，制作人采用了交响曲历史上的最后一部杰作。那是在萨拉萨星和地球失去联系的年代写成的，在场的听众从未听过。它的主题是海洋，和眼下的局面不谋而合，等到一曲终了，听者无不动容，这正是那位早已不在人世的作曲家所期望的。

《亚特兰蒂斯哀歌》是在差不多三十年前写的，

当时我的脑子里没有任何画面。我关心的是音乐里的情感，而不是外在的场景。我想让这部作品传达一种神秘而悲伤的情绪，一种巨大的失落感。我不想用音乐来描绘一座破败的、只有鱼群出没的城市。可是，每次我听到那段阴郁的慢板——我现在就在脑子里回放——都会发生一件怪事……

它从第136小节开始，管风琴上的和弦不断下降，降到了最低音域，与之相伴的是女高音的无歌词咏叹调，它越升越高，最终和管风琴声交织在了一起……你肯定知道，我是根据鲸鱼的歌声创作的这个主题，那些动物不愧为海洋中伟大的游吟诗人，人类和它们的和平来得太晚太晚了……咏叹调是为欧尔佳·康德拉辛写的，只有她，能够在没有电子音效帮助的情况下把那几句唱下来……

人声的部分一进来，我就好像看到了什么真实存在的东西。我感到自己站在一个巨大的城市广场上——它很大，和圣马可广场、圣彼得广场差不多。我的周围全是塌了一半的建筑，类似希腊神庙，地上倒着雕像，雕像上爬满水草，绿色的叶子慢慢地来回摆动，所有东西上都盖着几块厚厚的淤泥。

广场上一开始是空的，可接着我就看到了一样东西，一样骇人的东西。不要问我为什么每次都会吓一跳，为什么每次听都有全新的感受……

广场中央有个矮土堆，从上面发散出线条和图案。我心想这可能是被淤泥部分掩埋的断墙，可我却一点也看不懂上面的图案。突然我发现土堆不大对劲：它在搏动。

过了一会儿，我看见了两只巨大的眼睛，正一眨不眨地盯着我看。

到这儿就结束了，什么都没发生。这地方一连六千年都没有再发生过什么了。自那一晚，海水冲过海格力斯之柱，冲垮了堤坝，淹没了城市，自那以后，这里就再也没有变过。

慢板是我最喜欢的一个乐章，但我不能让曲子在这样悲痛、绝望的气氛中结束，于是我又写了个末乐章——“复苏”。

我当然知道柏拉图的亚特兰蒂斯从来就没存在过，但正是因为这一点，它也永远不会灭亡。它永远是一个理念，是对完美的梦想，是不断激励后人的目标。因此，这首交响曲的末尾，是在斗志昂扬地朝着未来进军。

我知道对这场进军最流行的解读：一座新的亚特兰蒂斯从波浪中升起。但这么理解就太直白了，我认为，末乐章描绘的是对宇宙的征服。我找到了这个主题，把它写出来，后来又花了几个月的时间把它忘掉——那该死的十五个音符每天每夜在我脑袋里响个不停……

现在嘛，这部《哀歌》已经和我没什么关系了，它有了自己的生命。就算有一天地球毁灭，它还是会以光速飞向仙女座星云。齐奥尔科夫斯基环形山里有架深空发射仪，会以五万兆瓦的功率将它发送出去的。

总有一天，在几百年、几千年之后，有人会截获它，理解它。

《口述回忆录》

——谢尔盖·迪·皮耶罗（3411—3509）

53

黄金面具

“我们一直假装她不存在似的，”米蕾莎说，“但现在我想见见她，见一面就行。”

罗伦沉默了片刻说：“你也知道，贝船长不许外人上船的。”

这她当然知道，她也知道船长的理由。

萨拉萨星人起初对这条禁令觉得反感，但现在大家都理解了：麦哲伦号上的船员太少，又太忙碌，根本来不及给客人当导游，再加上百分之十五的人会在船上的零重力舱里感到头晕恶心，船员也没时间给这部分人当保姆。即便是法拉丁总统也曾遭到婉拒。

“我和摩西谈过，他又去找船长谈了。一切都安排好了，只要在飞船起飞之前保密就行。”

罗伦惊讶地注视着她，接着便不禁莞尔。米蕾莎总是能让他觉得意外，这也是她魅力的一部分。他突然觉得心里一痛，悲从中来：她的弟弟是唯一登上过飞船的萨拉萨星人，整个星球上，只有她有资格再破一次例。贝船长是个公道的人，必要的时候愿意修改规章，况且飞船再过三天就要起航，在那之后就什么都无所谓了。

“可你要是晕机怎么办？”

“我连船都不晕……”

“那又不能证明……”

“……而且我去见过牛顿中校，她给我评了九十五分呢。她还建议我搭午夜的班机，因为那时候周围没人。”

“你什么都想到了是吧？”罗伦的欣赏之情表露无遗，“那么，我们就在二号着陆点见面，半夜前十五分钟。”

他顿了顿，然后艰难地加了一句：“我不会再下来了，请代我向布兰特道个别。”

这是他无法面对的严酷考验。自从送走库玛尔，布兰特就从北岛回来安慰米蕾莎，从那以后，罗伦就再也没有踏进过里奥尼达家的房子。不久之后，那里的气氛就完全变了，就好像罗伦从来就没走进过他们的生活似的。

现在，他真的要从他们的生活中走开了，因为现在的他对米蕾莎已经只有爱意，没有欲念。他的内心充塞着一种更深的情感，一种他从未体验过的疼痛。

他渴望见到自己的孩子，但麦哲伦号的新日程表毁灭了这个渴望。他听过孩子的心跳声，当时它和母亲的心跳声混合在一起，但现在，他永远也不能将他抱进怀中了。

班机在行星的向阳面与飞船会合。米蕾莎刚看见飞船时，它还在百来公里开外。她知道飞船的实际尺寸，但眼前的飞船在阳光下闪闪发亮，看起来却像是一件孩子的玩具。

到了相距十公里处，它还是没有变大。她的大脑和眼睛都认定飞船中心周围的那些黑色圆形不过是舷窗，直到那一望无际的弧形船身驶近身边，她的大脑才意识到那些是货舱和码头的大门，它们的班机即将从其中的一个进入船体。

罗伦紧张地看着米蕾莎解开安全带。这是最危险的时刻，当束缚最终解除，有些自大的乘客会意识到失重并不像看起来那么美好。但米蕾莎却像没事人一样，罗伦轻推几把，她就稳稳地飘进了气密舱。

“还好不用进1G区，不必再适应一遍重力了，在回到地面之前，你都不用再操心重力的问题。”

米蕾莎想，去参观一下位于飞船旋转部分的生活舱想必很有意思，但那样就得没完没了地寒暄、交谈，她现在最不需要的就是这个。她很高兴贝船长还在萨拉萨星上，这样她就可以不用礼节性地前去致谢了。

两人离开气密舱，走进了一条管状走道。走道很长，看样子纵贯整个船身。管道壁的一侧有一面梯子，另一侧有两行软环，手可以抓，脚可以踩，它们正在平行的轨道中缓慢滑动。

“这地方可不能在加速时来，”罗伦说，“那时，这里就会变成一根两公里深的垂直管道，那就真用得上梯子和拉环了。你抓住那个拉环就可以，它自己会动。”

两人毫不费力地移动了几百米，随后进入了一根垂直于主走道的支路。又移动了几十米后，罗伦说：“放开拉环吧，我给你看样东西。”

米蕾莎松开手，和罗伦飘行一阵，在走道侧面的一扇狭长舷窗跟前停下了。

她隔着厚厚的玻璃朝里望去，见里面是一个灯火通明的巨大金属洞穴。她已经辨不太清方向，但她猜想这个巨大的圆柱舱室一定占满了飞船的整个横截面，由此推断，中间的那根棒子想必和飞船的轴心重合。

“这就是量子引擎！”罗伦自豪地说。

他根本就不打算介绍那些零件的名称：防护罩后面的金属

和晶体设备，从舱室墙壁上伸出的古怪支架，持续脉动的一簇簇灯光，还有表面漆黑但仿佛转动着的球体……

过了一阵，他接着说道：“这是人类才智最伟大的成就，是地球送给它孩子的最后一件礼物。总有一天，它会让我们成为银河的主人。”

这些话里透着傲慢，米蕾莎不禁身子一颤：说这些话时，罗伦又变回了从前的样子，变回了那个还未被萨拉萨星软化的罗伦。但她转念一想，就随他去吧，反正他的一部分已经永远地改变了。

她轻声问道：“你觉得银河会在意谁是它的主人吗？”

话虽这么说，她的内心毕竟还是受到了震动。她久久凝视着这些体积巨大、功能不明的物体，是它们让罗伦跨越光年，来到她的身边。它们曾经带来许多，又将带走许多。对于它们，米蕾莎不知是该感谢还是诅咒。

罗伦带着她在迷宫里越走越深，向着麦哲伦号的心脏进发，一路上没有遇见一个人，这让人不由得想到飞船的庞大与船员的渺小。

“我们快到了，”罗伦换上了一副庄重的口吻，低声说道，“这位就是守卫。”

前方毫无征兆地冒出了一张金色的脸孔，在墙上的凹槽里向她投来目光。米蕾莎一路飘去，差点一头撞上。到了跟前，她伸手摸了摸，冷冷的，有金属的质感。这么说，这东西是个实体，她刚刚还以为是全息投影呢。

“这是什么……是谁？”她小声问道。

罗伦的神态既黯然又骄傲：“我们收藏了地球上的许多宝贝，这就是其中著名的一件。他是位国王，年纪很轻就死了，死时还是个孩子……”

罗伦的声音越来越轻，终于缄默，他和米蕾莎想到了同样的念头。米蕾莎眨了眨眼，止住泪水，然后读起了镌刻在面具下方的文字：

图坦卡蒙

公元前1361—公元1353年在位

（公元1922年发现于埃及帝王谷）

是啊，他和库玛尔几乎同龄。那张金色的面庞射出两道目光，穿过数千年的岁月，穿越数十光年的距离，凝望着他们。这张脸孔属于一位逝于韶华之年的年轻神祇，他的眉宇间有力量，有信心，傲慢和残忍还来不及滋长。

米蕾莎问：“为什么把它放在这儿？”但她的心里已经隐隐

有了答案。

“因为它是个合适的象征。古埃及人认为，只要举办恰当的仪式，就能让死者在另一个世界里继续生活。这当然纯粹是迷信，但是在这里，我们把神话变成了现实。”

只是并非我所希望的现实，米蕾莎悲哀地想。她凝望着年轻的国王那乌亮的眼珠，它们也从无瑕的黄金面具上朝她回望。她很难把这看作一件艺术精品，而不是一个活生生的人。

穿越了几十个世纪的目光宁静而醉人，让她无法移开视线。她再次伸手在金色的脸颊上摩挲，贵金属的质感让她蓦然想起从前念过的一首诗——当时她正在登陆原点的档案库检索过去的文学作品，想找一些能安慰人心的语句。她看了上百句，觉得大多数都不合适，只有这一句显得恰到好处（作者佚名，约公元1800—2100年）：

但眼前你可以只管瞧，怎样也看不出
哪些是荣华时夭折的幸运少年人；
他们会和你擦肩过，但是你没法说
谁将把崭新的人币送还给铸钱神。[1]

---

①　出自英国诗人A.E.霍斯曼的《西罗普郡少年》。

罗伦耐心地等米蕾莎抒发完了感慨。然后，他掏出一张卡片，插进面具后面一道几乎不可见的插槽，一道圆形的舱门随之无声地打开。

在太空船里出现挂满厚厚皮草的衣帽间，这景象的确不怎么协调，可是米蕾莎明白它的用途。才一进门，周围的气温就降低了好几度，她的身体不习惯寒冷，瑟瑟发抖起来。

罗伦帮她穿上了保温服，在失重状态下这可着实费了点劲。两人飘到小小舱室的彼端，在一块覆满白霜的圆形玻璃跟前停下。它像表面皿一般向外打开，冰冷的寒风打着转迎面扑来。米蕾莎根本不曾想象过如此寒冷的空气，更不要说亲身体验了。一缕缕湿气在酷寒中凝成霜雪，在她的周围旋转摇曳。她望着罗伦，眼神仿佛在说："你不是要让我进去吧！"

罗伦抓住她的手臂安慰道："别担心，保温服会保护你的。再说几分钟后脸上就感觉不到冷了。"

她起初并不相信，但随即发现真的没错。她跟着他走进玻璃门，小心翼翼地吸了几口气，接着便惊奇地发现一点都没有不适之感，精神反而为之一振。这下她明白，为什么有人自愿去地球的南北两极了。

她仿佛觉得自己正置身于一座冰冷雪白的宇宙中，孑然一身。四壁布满蜂巢状的结构，数千间六角形的巢室闪烁着寒光，就像是用冰雕成的。这里粗看就像是麦哲伦号的冰盾，但仔细辨认之下，每间巢室的长宽都只有一米左右，一排排管道和一捆捆缆线将它们连在一起。

就是这儿了。这就是几十万拓荒者沉睡的地方。对他们来说，地球的的确确还存在于昨天的记忆里。他们总共要沉睡五百年，现在还没到一半呢。米蕾莎暗暗觉得纳闷：不知道他们都梦见了些什么？在这夐不见人的生死之间，大脑还会做梦吗？罗伦说过不会，但这件事谁说得准呢？

以前，米蕾莎也在视频里看过蜜蜂在蜂巢中忙碌的景象。现在她觉得自己也成了一只蜜蜂，跟着罗伦，两手交替，在巨大蜂巢表面纵横的轨道上攀援。她已经适应了失重状态，也几乎感觉不到刺骨的寒冷了。她甚至连自己的身体都快忘记了，必须时时提醒自己：我不是在一场即将醒来的梦里。

巢室上没有标志姓名，但是都用字母和数字写出了编号。罗伦径直来到H-354号巢室，按下了一个按钮。金属和玻璃的六边形容器沿着伸缩轨道缓缓滑出，露出了里面沉睡的女子。

她长得并不漂亮。不过在去掉秀发的前提下，任何女子的相貌都得不到公允的评价。米蕾莎从未见过这样的肤色，她知道这在地球上也已经十分罕见了。那是一种很深很深的黑，黑得几乎泛出一丝蓝色来，而且它十分光洁，没有一点瑕疵。米蕾莎不由得感到一阵妒忌，她的脑中瞬间掠过了两具肉体交缠的画面，一具黑如檀木，一具白如象牙。她知道，在接下来的年头里，这个景象还会来纠缠她。

她又看了一眼那张面庞：即便是在长达几个世纪的安眠中，那上面依然显露出决心和智慧。我们能成为朋友吗？她心想，我看不行，我们太相像了。

那么你就是绮塔妮了，你将带着罗伦的第一个孩子飞向群星。但那真会是他的第一个孩子吗？她可要是在我的孩子之后几个世纪才会降生呢。但无论她是第几个，我都为她祝福……

玻璃门在身后合上时，米蕾莎感到一阵麻木，不全是因为寒冷。罗伦轻轻搀扶着她，飘进过道，飘过守卫。

她又一次把手伸向了那位不朽的黄金少年。手指拂过脸颊时，上面传来一阵暖意。她不由得吃了一惊，但随即明白过来：是她自己的身体还没有适应常温。

身体只需几分钟就能回暖，但结在心上的冰要多久才会融化？

54

道 别

伊芙琳，这是我最后一次对你说话了。再过不久，我就将开始最长的一次睡眠。我现在还在萨拉萨星上，但过几分钟就会搭乘班机前往麦哲伦号。我已经没有什么事情可干了，要过了三百年，等飞船着陆之后，我才能再发挥作用……

我感到悲伤极了，因为我刚刚和在这里最好的朋友米蕾莎·里奥尼达告别。你要是还在，一定和她谈得来！她或许是我认识的萨拉萨星人中最有智慧的一个。我们曾在一起长谈多次，虽说是“长谈”，恐怕主要还是我在自说自话，你以前老是为了这个批评我……

她当然问了上帝的事。但她的另一个问题才是最睿智的，我简直不知道该怎么回答。

在她疼爱的弟弟遇难之后，她问我：“悲伤的目的是什么？它在生物学上有什么功能？”

真奇怪，我居然从来没有认真考虑过这个问题！

我们完全可以想象这样一种智能生物：它们记得死者，却又完全不带感情，或者根本就不记得。那将是一个丝毫没有人性的社会，但它们至少能像地球上的白蚁或蚂蚁那样成功。

悲伤是否是爱的一件意外的副产品，甚至是一件病态的副产品？要知道，爱的确是具有重要生物学功能的。一想到这个，我就有了种既奇怪又烦恼的感觉。不管怎么说，人正是因为有了感情才能称为人。诚然，每一次爱，都是在往时间和命运这对强盗手中交付一个人质，可是谁又会因此放弃爱呢？

伊芙琳，我常跟米蕾莎谈起你。她不明白：一个男人怎么可能一生只爱一个女人？怎么可能在她死后不追求别人？有一次我用戏弄的口吻对她说：对萨拉萨星人而言，忠诚是和嫉妒差不多陌生的东西。她立刻反驳道：他们失去了这两者，但是得到了许多。

好了，他们在呼叫我了。班机已经待命，现在我得和萨拉萨星永别了。你的形象也在我脑袋里变淡了。我很擅长给别人忠告，但我自己恐怕已经悲伤了太久，这对于我记忆中的你是没有好处的。

是萨拉萨星治愈了我。现在我该觉得高兴：我已经能够理解你，而不是一味地追悼你。

我的心里平静得出奇。我好像第一次真正理解了那几位佛教徒朋友所说的“无住”，甚至理解了“涅槃”……

就算我不能在萨根二上醒来，那也随它去了。在这里的工作已经完成，我心满意足了。

55

启 程

三体船刚好赶在午夜来临前开到了海草带。布兰特在三十米深的海水中下了锚，日出时分，他会开始投放侦察球，直到蝎子城和南岛之间的围墙建成，在那之后，海面下的一切动静就能尽收眼底。如果侦察球被蝎子当作战利品带回老巢，那就再好不过了，它们会持续工作，比在远洋时发回更多有用的数据。

眼下无事可做，他在轻轻摇晃的小船里躺下，调到塔纳镇广播电台听轻音乐。今晚上的电台安静得出奇，时不时有人发表个声明、祝愿、诗歌什么的，送给镇上的居民。今天夜里，南北两岛上都没有几个人睡觉。米蕾莎的心中闪过一个念头：

不知道欧文·弗莱彻和他那些被流放的同伴在想些什么，他们可是要在这个外星世界度过余生呢。上次见他们露面是在北岛的一条视频广播里，几个人看起来一点没有不高兴，反而兴冲冲地讨论着当地的商机。

两个人并排躺着，仰望着星星，布兰特一声不吭，要不是他的手掌始终牢牢抓着她，她都要以为他睡着了。经过这些事，他也变了，可能变得比她还多，他变得更有耐心、更加周到了。最好的是，他还接受了这个孩子，他曾经温柔地对她说："这孩子会有两个父亲。"她听后感动得落泪了。

塔纳广播电台终于开始了无甚必要的倒数计时。除了历史上那些著名的录音，这还是萨拉萨星人第一次听到真正的倒数计时。米蕾莎心想，这儿恐怕什么都看不到吧？麦哲伦号位于行星的另外半边，正停在晌午的大洋上空。我们和它隔着一整颗行星呢。

倒数到"0"的刹那，广播声被一片白噪音覆盖。布兰特伸手去够按钮。他刚把声音关掉，亮光就从夜空中喷薄而出。

整个天际都被火光点燃了。东、南、西、北，到处都亮堂堂的。长长的火焰从海面升到半空，瑰丽得如同极光。这是萨拉萨星人从未见过的景象，以后也不会再见了。

看着这美丽而不失庄严的一幕，米蕾莎终于明白麦哲伦号为什么要停在半颗行星之外了。这还不是量子引擎本身的威力，只是从引擎里逃逸的无害能量被萨拉萨星电离层吸收的效果罢了。罗伦对她说过超空间震荡波的事，她觉得难以领悟。他补充了一句，说这是一个连引擎的设计者都不理解的现象。

有那么一会儿，她琢磨起了那些蝎子会怎么看待这一幕太空烟花。这股光的怒潮必然会有一小股波及海草森林，照亮那座水下城市的僻静小道。

或许是她的错觉：明亮的彩带组成的光冠仿佛正在缓缓爬升。光的源头正沿着轨道不断加速，准备永远离开萨拉萨星。过了好几分钟，她才确定光芒的确是在移动，同时，光的强度也在显著减弱。

这时，光芒骤然消失。广播里又传来播音员的声音，听起来上气不接下气。

"……一切按计划进行……飞船正调整航向……过一会儿还有其他景观，但都没有刚才的壮丽……初步分离的所有阶段都将在行星的另一侧进行，麦哲伦号将在三天后离开我们的恒星系，届时将能直接观测。"

米蕾莎几乎没听见他在说什么，她仰望夜幕，凝视着重新出现的星星，从今天起，她看到这些星星就会想起罗伦。她此刻的感情一片麻木，即使有泪，也要过一阵才能掉下来。

她感到布兰特的手臂围了上来。她任由他抱住自己，有他在，天地间的寂寞就有人慰藉。这里才是她的故乡，她的心将不再游荡，因为她终于明白了一件事：她爱罗伦的优点，也爱布兰特的缺点。

别了，罗伦，她默默低语。祝你在远方获得幸福，祝你和你的孩子能为人类征服那颗遥远的行星。但是偶尔也请想想我，想想我这个在你身后三百年的故人。

布兰特抚摸着她的头发，笨拙而不失温柔。他希望自己能说几句安慰的话，但他也知道沉默才是最好的安慰。米蕾莎的确回到了他的身边，但他的心中却没有胜利的喜悦：以前那些无忧无虑的相伴岁月早已远去，不复被记起。他明白，在将来的每一天，都会有一个男人的幽灵在他们中间徘徊，就算两人终究化成灰烬，随风飘散，那个男人都不会衰老分毫。

三天之后，麦哲伦号在东方的海面上升起。量子引擎经过了精心调节，使飞船泻出的大部分辐射都不会正对萨拉萨星。即使是如此，它看起来还是那么光芒夺目，叫人难以直视。

一周一周，一月一月，光芒渐渐散去。但即便是当它驶入白昼的日光，知道方位的人还是能轻易发现它的踪迹。到了晚上，它更是一连几年都是夜空中最亮的星星。

在失去视力之前，米蕾莎最后一次看见了飞船。那几天里，量子引擎肯定正对着萨拉萨星——相距那么遥远，已经没有什么危险了。

当时的麦哲伦号已经行驶到了十五光年之外，但米蕾莎的孙辈还是能轻易地指出它：那是一颗亮度三等的蓝色星星，它就在蝎子电网的瞭望塔上方，在夜空中闪闪发亮。

56

海面之下

它们还不具备智能，但具备了好奇，而好奇正是通向那条漫漫长路的第一步。

就像许多曾在地球的海洋中欣欣向荣的甲壳类动物一样，它们能够在陆地上随意停留。然而，直到最近的几个世纪之前，它们都没有登上陆地的动力：广袤的海草森林足够应付一切需求，修长的草叶可以充当食物，坚硬的草茎可以制成原始的工艺品。

它们的天敌只有两种：一种是巨大而罕见的深海鱼类，它的形态非常简单，几乎只有一张贪吃的嘴和一个永远填不饱的肚子；还有一种是在水中搏动的有毒水母，亦即那种能够运动的巨型珊瑚虫，有时它会让整片海床陷入死寂，所经之处只剩一片惨白的荒原。

这些蝎子已经彻底适应了环境。除了偶尔到水和空气的交界处远足几次，它们大可以永远生活在海底。然而它们不是蚂蚁，不是白蚁，它们还没有走入进化的死胡同。对于变化，它们还能够反应。

变化已经来了，尽管幅度还小，但已经实实在在地来到了海底世界。空中掉下了神奇的东西，它们掉下来的地方一定还有更多。一旦做好了准备，蝎子们就会出发寻找。

第九部

萨根二

57

时光的呼唤

库玛尔·罗伦森出生时，星舰麦哲伦号距离萨拉萨星不过几光时的路程。但此刻孩子的父亲已经进入休眠，要三百年后才能听说他诞生的消息。

他无梦的沉睡将横跨第一个孩子的整个人生，想到这里，罗伦就不禁流泪。等到悲痛缓解的时候，他将开启数据库，调出一直等候着他的资料。他将目睹儿子长成男子汉，听见他的声音穿越几个世纪送来问候，而这问候他永远无法应答了。

他还将看到（绝对无法避免）曾经躺在自己臂弯中的女孩渐渐衰老，直至死去，这在她是几个世纪之前，但在他不过是上周的事。等他从那爬满皱纹的双唇间听见最后的道别，她的身体早已化作了尘土。

他的哀伤将深入肺腑，但终究会渐渐褪去。前方的天空已经沐浴在了一轮新太阳的光辉中。不久之后，就会有一个新的生命诞生在一颗新的行星上。现在，这颗行星已经在牵引着麦哲伦号飞向它最后的轨道了。

终有一天，痛苦将会远去，唯有记忆长存。

地球年表

地球年		萨拉萨星年	
1956	发现中微子		
1967	发现太阳的中微子反常		
2000	确定太阳的宿命		
2100	发射星际探测器		
2200			
2300	制定机器播种船计划		
2400			
2500	播种开始（胚胎）		
2600	（DNA编码）		
2751	播种船飞向萨拉萨星		
2999	最终千年开始		
3109		登陆元年	0
3200	末日的贵族	建国与地球联络	100
3300			200
4400		克拉肯火山爆发，联络中断	300
3500			400
3600	量子引擎发明大移民	停滞	

地球年		萨拉萨星年	
3617	星舰麦哲伦号启程		
3620	地球毁灭		
3864		麦哲伦号到达	718
3865		麦哲伦号离开	720
4135	麦哲伦号到达萨根二		1026

关于本书

这部长篇小说最初是个一万两千五百字的短篇，创作时间是在1957年的2月到4月之间，写完后发表在美国的《IF Magazine》（1958年6月）和英国的《Science Fantasy》（1959年6月）上。后来Harcourt, Brace, Jovanovich出版社为我出版了两本合集，分别是《Other Side of the Sky》（1958）和《from the Ocean, from the Stars》（1962），两本书里都收录了这个短篇，找起来也比较方便。

1979年，我把这个主题改写成了一个短小的电影大纲，刊登在《OMNI Magazine》（Vol.3, No.12,1980）上；后又收入Byron Preiss/Berkley出版社为我出版的插图短篇集《The Sentinel》（1984）中，我在那本书里写了个前言，介绍了这个故事的来龙去脉，以及它是如何在无意中启发了《2010：Odyssey Two》的小说和电影。

现在这部长篇是这个故事的最终版本，1983年5月动笔，1985年6月完成。

阿瑟·C. 克拉克

斯里兰卡，科伦坡

1985年7月1日

致 谢

真空能量可用于推进，这个想法似乎是Shinichi Seike在1969年首次提出的。（见“Quantum Electric Space Vehicle”；8th Symposium On Space Technology and Science, Tokyo.）

十年后的1979年9月，英国星际学会在伦敦召开星际研究会，麦道公司的H. D. Froning在会上介绍了这个理论，后来还写了两篇论文，分别是《Propulsion Require¬Ments for A Quantum Interstellar Ramjet》(JBIS, Vol. 33,1980）和《Investigation of A Quantum Ramjet for Interstellar Flight》(AIAA Preprint 81–1534, 1981)。

撇开无数语焉不详的“太空引擎”，第一位把这个理论写进小说的，据我所知是Earth Satellite Corporation的首席科学家

Charles Sheffield博士，他在长篇小说《The McAndrew Chronicles》(Analog magazine 1981; Tor, 1983) 中探讨了“量子引擎”的理论基础（他称之为“真空能量引擎”）。

理查德·费曼做过一次公认幼稚的计算，结论是一立方厘米的真空中蕴含的能量，就足以蒸发地球上的所有海洋。约翰·惠勒也做过计算，得出的数字比费曼的大了79个数量级。既然两位大物理学家的分歧都有79个0那么大，我们普通人表示点怀疑也就无可厚非了。但光想想这个话题还是挺有意思的：一枚普通灯泡里的真空，就蕴含着足以毁灭整个银河系的能量，如果再加把劲儿，说不定连整个宇宙都能毁掉。

休斯研究所的Robert L. Forward博士写过一篇有希望传世的论文，标题为《Extracting Electrical Energy from The Vacuum By Cohesion of Charged Foliated Conductors》（Physical Review, Vol. 30B, pp. 1700–1702, 15 August 1984）。文中认为，这种能量至少有一小部分是可以利用的。要是在科幻作家之外，还有人能将这种能量用于推进技术，那么恒星间旅行乃至星系间旅行的工程问题就能解决了。

或许还是不要吧。我万分感谢Alan Bond博士，感谢他为小说里的冰盾做了详尽的数学分析，他还向我指出冰盾的最佳形态是钝圆锥形。在未来，制约高速星际飞行的很可能不是能源，而是宇宙尘埃对冰盾的磨损和光子对它造成的蒸发损耗。

1979年，我在慕尼黑参加了国际天文学联合会的第十三次代表大会，还在会上发言介绍了“太空电梯”的历史及理论，见《“Thought Experiment” Or key to The Universe?》(Reprinted in Advances in Earth Orientated Applications of Space Technology, Vol. I, No. 1, 1981, pp. 39–48 and Ascent to Orbit: John Wiley, 1984)。在长篇小说《The Fountain of Paradise》(Del Rey, Gollancz, 1978)里，我又对这个想法作了引申。

我要向Jim Ballard和J. T. Frazer表示谢意，因为本书末章的标题取自他们二位截然不同的著作。

还要特别感谢康缇的Diyawadane Nilame和他在佛牙寺的僧众，承蒙他们的邀请，我才能在那段纷乱的日子进入寺中的藏宝室。

阿瑟·C. 克拉克

马上扫二维码，关注“**熊猫君**”

和千万读者一起成长吧！

图书在版编目（CIP）数据

遥远的地球之歌 /（英）阿瑟・克拉克
(Arthur C. Clarke) 著 ; 高天羽译 . -- 南京 : 江苏凤
凰文艺出版社 , 2018.8
（读客外国小说文库）
书名原文 : The Songs of Distant Earth
ISBN 978-7-5594-2004-6

Ⅰ . ①遥… Ⅱ . ①阿… ②高… Ⅲ . ①科学幻想小说
– 英国 – 现代 Ⅳ . ① I561.45

中国版本图书馆 CIP 数据核字 (2018) 第 090438 号

遥远的地球之歌

［英］阿瑟・克拉克 著　　高天羽 译

责任编辑　丁小卉
特约编辑　徐陈健　王予润
装帧设计　读客文化　021–33608311
责任印制　刘　巍
出版发行　江苏凤凰文艺出版社
　　　　　南京市中央路 165 号，邮编：210009
网　　址　http://www.jswenyi.com
印　　刷　三河市龙大印装有限公司
开　　本　890 × 1270 毫米 1/32
印　　张　11.5
字　　数　191 千字
版　　次　2018 年 8 月第 1 版　2020 年 6 月第 9 次印刷
标准书号　ISBN 978 – 7 – 5594 – 2004 – 6
定　　价　52.00 元